*Bianca*

DI003067

# HIJO ROBADO
## LYNNE GRAHAM

Editado por Harlequin Ibérica.
Una división de HarperCollins Ibérica, S.A.
Núñez de Balboa, 56
28001 Madrid

I.S.B.N.: 978-84-687-8436-6
Depósito legal: M-13653-2016
Impresión en CPI (Barcelona)
Fecha impresion para Argentina: 9.1.17
Distribuidor exclusivo para España: LOGISTA
Distribuidores para México: CODIPLYRSA y Despacho Flores
Distribuidores para Argentina: Interior, DGP, S.A. Alvarado 2118.
Cap. Fed./Buenos Aires y Gran Buenos Aires, VACCARO HNOS.

# Capítulo 1

EL ABOGADO londinense de Luciano Vitale, Charles Bennett, se apresuró a saludarlo en cuanto el multimillonario siciliano descendió del jet privado. Luciano caminaba como un león que hubiera olisqueado una presa en el aire, la impaciencia y la agresividad empujando cada paso.

La había encontrado al fin. A la ladrona de niños, Jemima Barber. No había palabras que pudieran expresar su odio por la mujer que le había robado a su hijo y que luego intentó vendérselo como si fuera un objeto. Lo exasperaba aún más no poder hacer que recayese sobre ella todo el peso de la ley.

No solo porque no quería publicidad sobre su vida privada otra vez, sino porque entendía las repercusiones de tal acto de venganza. ¿Y no había sufrido suficiente a manos de la prensa mientras su mujer vivía?

No, él prefería vivir discretamente, en la sombra, sin tener que soportar los interminables titulares difamatorios que habían seguido cada uno de sus pasos mientras estaba casado.

Aun así, todas las mujeres giraban la cabeza a su paso. Metro noventa, con la constitución de un atleta, su atractivo físico era innegable. Ni una marca en su piel dorada, nariz recta, altos pómulos y una boca carnal; todos esos rasgos combinados le daban el aspecto de un ángel caído. Pero a él le daba igual su aspecto; en realidad había aprendido a verlo como un defecto que atraía demasiada atención indeseada.

Era intolerable haber estado a punto de perder un segundo hijo a pesar de haber tomado todas las precauciones. De inmediato se regañó a sí mismo por pensar eso. No sabría con seguridad que el niño era hijo suyo hasta que se hubieran hecho las pruebas de ADN porque era posible que la madre de alquiler que había elegido para ese papel se hubiera acostado con otro hombre. Si se había saltado otras cláusulas del acuerdo que habían firmado, ¿por qué no iba a saltarse aquella?

Pero si el niño era suyo como esperaba, ¿se parecería a su mentirosa y traicionera madre? ¿Existían los genes negativos? No, se negaba a aceptar eso. Su propia vida negaba esa afirmación porque él era el último en una larga línea de hombres despiadados, famosos por su crueldad y su desprecio por la ley. Nada podía manchar a un niño inocente, y sus inclinaciones podían ser animadas o desanimadas.

Se recordó a sí mismo que en principio la madre de su hijo había parecido una persona respetable. Hija única de padres mayores y endeudados, se había presentado como profesora infantil, amante de la jardinería y la cocina. Desgraciadamente, sus verdaderos intereses, que había descubierto cuando huyó del hospital con el niño, habían demostrado que no era tan respetable. Era una sociópata promiscua, una vividora que gastaba a manos llenas y robaba sin conciencia cuando se quedaba sin dinero.

Una y otra vez se había culpado a sí mismo por su

decisión de no conocer a la madre de su hijo, por no haber querido personalizar de ningún modo algo que era esencialmente un acuerdo, un contrato. ¿Habría reconocido su verdadera personalidad de haberlo hecho así? Tampoco había esperado que ella quisiera verlo cuando fue al hospital a buscar al niño, pero entonces descubrió que había desaparecido, dejando una nota en la que pedía más dinero. Para entonces había descubierto que era rico y quería exprimirlo todo lo posible.

–¿Piensa llamar a la policía para denunciar la desaparición de esa mujer? –preguntó Charles para romper el tenso silencio en el interior de la limusina.

Luciano apretó los sensuales labios.

–No tengo intención de hacerlo.

–¿Y puedo preguntar...? –Charles dejó la pregunta en el aire al ver su seria expresión. Desearía que su rico cliente fuese un poco más expresivo.

Pero Luciano Vitale, hijo único del antaño más aterrador *capo* siciliano, siempre había sido formidablemente reservado. Multimillonario a los treinta años, era un empresario de gran éxito y honrado en todos sus negocios. Y, sin embargo, su apellido provocaba tal miedo en aquellos que lo rodeaban que temblaban si alguna vez se enfadaba.

Su odio por los paparazzi y sus criminales antepasados lo convertían en objetivo de un asesinato, por eso siempre iba rodeado de guardaespaldas que lo mantenían alejado del resto del mundo.

Luciano Vitale era un misterio, pero a Charles le gustaría saber por qué un hombre con tantas posibilidades había decidido contratar un vientre de alquiler para traer un hijo al mundo.

–No quiero enviar a prisión a la madre de mi hijo –respondió Luciano por fin, sin expresión–. No tengo la menor duda de que Jemima merece ir a la cárcel por lo que ha hecho, pero no quiero ser yo quien la mande allí.

–Es comprensible –asintió Charles, aunque en realidad no lo entendía en absoluto–. Pero la policía está buscándola y podría informarle discretamente de su paradero.

–¿Y luego qué? ¿Los abuelos se quedarían con la custodia de mi hijo o se harían cargo de él los Servicios Sociales? Ya me ha advertido usted que los acuerdos de gestación subrogada son más complejos en el sistema judicial de Gran Bretaña y no voy a arriesgarme a perder la custodia de mi hijo.

–Pero la señorita Barber ya ha dejado claro que solo le entregará al niño a cambio de una sustanciosa cantidad de dinero... y no debe aceptar porque eso sería ilegal.

–Encontraré una forma legal y aceptable de llevar este asunto a una conclusión satisfactoria –Luciano respiró suavemente, poniendo unas manos de largos dedos morenos sobre sus muslos–. Sin publicidad dañina, sin juicio y sin enviarla a la cárcel.

Charles tuvo que disimular un escalofrío cuando sus ojos se encontraron con los fríos ojos oscuros de su cliente e intentó no pensar que los antepasados de Luciano Vitale preferían limpiar su camino de obstáculos liquidando a sus oponentes. No debía pensar eso, pero no podía olvidar esa mirada helada o su fama de ser implacable en los negocios.

Él no liquidaba a sus competidores como había hecho su padre, pero era un hombre al que no se podía provocar y era conocido por vengarse de aquellos que lo ofendían. Dudaba mucho que Jemima Barber entendiese las peligrosas consecuencias de haber renegado de su acuerdo con él.

Conseguiría su objetivo, pensaba Luciano, que siempre conseguía lo que quería. Lo contrario era impensable ya que se trataba del bienestar de su hijo. Si el niño era su hijo lo recuperaría al precio que fuera. No iba a dejar a un niño inocente en manos de una madre como esa.

Jemima colocaba las flores en la tumba de su hermana con los cristalinos ojos azules empañados, el corazón encogido de pena.

Había querido mucho a Julie y lamentaba no haber tenido oportunidad de ayudarla. De padre desconocido y madre drogadicta, las mellizas habían terminado en diferentes familias adoptivas. Julie, que había sufrido una privación de oxígeno temporal en el momento del parto, tuvo que ser conectada a un respirador artificial y no pudo ser adoptada hasta un año más tarde. Jemima, sin embargo, había sido mucho más afortunada en todos los sentidos, pensó, sintiéndose culpable.

Sus padres adoptivos, una pareja de mediana edad, la habían querido desde el primer día y le habían dado una infancia feliz y segura. Julie, en cambio, había sido adoptada por una familia rica, pero sus problemas médicos durante la infancia siempre fueron una contrariedad y su carácter rebelde una fuente de bochorno para sus padres. Por fin, rechazaron la adopción cuando su hermana era una adolescente rebelde y Julie había terminado en manos de los Servicios Sociales, rechazada por unos padres a los que quería. No era una sorpresa que desde ese momento todo en la vida de su hermana melliza hubiera ido mal.

No se conocieron hasta que fueron adultas y Julie la buscó. Desde el primer momento, tanto sus padres como ella se habían quedado cautivados por su encantadora hermana. Por supuesto, debía reconocer que al final todo fue un desastre y quien se llevó la peor parte fue el pequeño Nicky, que nunca conocería a su madre. Con los ojos empañados, Jemima miró al bebé de dieciocho meses en el cochecito y sonrió porque el niño era el sol, la luna y las estrellas para ella.

Nicky la estudiaba con sus enormes ojazos oscuros. Era el niño más adorable del mundo y le había robado el corazón desde el día que lo conoció, cuando solo tenía una semana.

–Te he visto desde la calle. ¿Por qué estás aquí otra vez? –escuchó una voz femenina tras ella–. No entiendo por qué te torturas a ti misma, Jem. Se ha ido y yo diría que es lo mejor que podría haber pasado.

–Por favor, no digas eso.

Jemima se volvió para mirar a Ellie, su alta y pelirroja compañera de colegio, con gesto decidido.

–Pero es la verdad y tienes que enfrentarte con ella de una vez. Julie estuvo a punto de destruir a tu familia. Sé que te duele que diga esto, pero tu hermana era mala como un demonio.

Jemima no quería discutir con su sincera amiga. Después de todo, cuando las cosas fueron mal durante la debacle con Julie, Ellie siempre había estado a su lado, ofreciéndole a ella y a sus padres un hombro sobre el que llorar, además de apoyo y consejos. Le había demostrado su lealtad y amistad tantas veces. Además, discutir no serviría de nada y no podía soportar que la juzgasen tan duramente. Solo habían pasado unos meses desde que Julie fue atropellada por un coche y murió de forma inmediata. Su familia adoptiva se había negado a acudir al funeral y el coste había corrido a cargo de sus padres, aunque apenas podían permitirse ese gasto.

—Si hubiéramos estado más tiempo juntas las cosas habrían sido diferentes —dijo Jemima, sin poder disimular su amargura.

—Arruinó a tus padres, se apropió de tu identidad, te robó a tu novio y te dejó colgando con un bebé —le recordó Ellie—. ¿Qué más podría haber hecho? ¿Asesinaros a todos mientras dormíais?

—Julie nunca fue una persona violenta —replicó Jemima, con los dientes apretados—. Bueno, vamos a dejarlo.

—Muy bien —asintió Ellie—. Tendría más sentido hablar de qué piensas hacer con Nicky. Tienes suficientes problemas con tu trabajo y con ayudar a tus padres.

—No me importa cuidar de Nicky, lo adoro. Es mi único pariente vivo —replicó Jemima con convicción mientras salían del cementerio—. No voy a deshacerme de él. Ya nos arreglaremos.

—¿Pero y el padre? Tienes que pensar en sus derechos —señaló Ellie con tono impaciente—. Mi turno empieza en una hora, tengo que irme. Nos veremos mañana.

Después de despedirse de su amiga, que vivía en un

apartamento en la misma calle, Jemima se alejó con el paso lento de una persona agotada porque Nicky la mantenía despierta gran parte de la noche. Había pensado mucho en el padre del niño. Aparte de suponer que era un hombre rico, no sabía nada de él o por qué había decidido tener un hijo con una madre de alquiler. ¿Sería un hombre gay? O tal vez ni él ni su esposa podían tener hijos. A Julie no le habían importado los detalles, pero a ella le importaban mucho.

No podía ignorar que Nicky tenía un padre en algún sitio, un hombre que había pagado mucho dinero y había planeado su concepción. Pero no conocía su identidad porque Julie se había negado a revelarla, de modo que no podía hacer nada. En realidad, era un alivio ya que su única preocupación era y siempre había sido el bienestar de Nicky.

No estaba dispuesta a entregarle al niño a nadie sin tener pruebas de que esa persona querría y cuidaría bien de su sobrino. Ese era su papel, tuvo que admitir, resolver la insostenible situación que su hermana había creado e intentar que el hijo de Julie no sufriese por las locas decisiones de su madre.

Seguía sin entender que hubiese aceptado traer un niño al mundo por dinero. Sin embargo, Julie solo lo había visto como un trabajo en un momento en el que andaba corta de dinero y necesitaba un sitio en el que vivir. Había admitido odiar los cambios en su cuerpo provocados por el embarazo y no había cambiado de opinión sobre entregar a Nicky a su padre cuando naciese, pero decidió que merecía más dinero por esos nueve meses de tribulaciones, sobre todo cuando descubrió que el padre del niño era millonario.

¿Pero sería ese hombre un padre cariñoso y comprensivo? ¿Querría al pequeño Nicky con todo su corazón si ni siquiera había querido conocer a la madre de su futuro hijo?

Por lo poco que sabía, los acuerdos de gestación subrogada sugerían algún contacto entre las partes, al menos inicialmente. Después de todo, Nicky era también hijo de Julie. No había sido concebido a través de un óvulo donado sino con los óvulos de su hermana, de modo que era su sobrino, una parte de su pequeña familia, y sentía que era su obligación cuidarlo y protegerlo.

Jemima entró en la humilde casita de sus padres, con dos dormitorios y un pequeño jardín. Su padre era un clérigo retirado y su madre había sido siempre ama de casa. Por desgracia, sus ahorros habían ido al bolsillo de Julie cuando les contó que quería alquilar un local en el pueblo para abrir su propio negocio. O tal vez no era mentira, pensó, intentando no juzgar a su difunta hermana.

Posiblemente pensaba de verdad alquilar el local y abrir un negocio, pero Julie era tremendamente impulsiva y solía cambiar de planes en cuestión de días. Su hermana parecía tener buenas intenciones era muy convincente cuando quería algo, pero también había mentido. Eso no podía negarlo, pensó con tristeza.

El resultado era que sus padres habían perdido todos sus ahorros y el acariciado sueño de comprar una casa propia ya era imposible. De hecho, la única razón por la que seguían teniendo un techo sobre sus cabezas era la decisión de Jemima de volver para ayudarlos a pagar el alquiler, ya que la pensión de su padre era muy pequeña. Enfrentados con facturas que no podían pagar, la salud de sus padres adoptivos se había resentido.

Jemima cambió el pañal de Nicky y lo metió en la cuna para que durmiese la siesta. Intentando contener un bostezo, decidió echarse un rato porque dormir cuando lo hacía el niño era la única forma de descansar.

Se quitó la blusa e hizo una mueca al ver la rotunda curva de su trasero en el espejo del armario.

«Tu trasero es demasiado grande para llevar mallas. Deberías tapártelo con una blusa larga», le había dicho Julie muchas veces.

Claro que Julie había sido delgadísima, siempre atormentada por la bulimia. Su hermana tenía problemas con la comida y con su imagen. Con ese triste pensamiento se quedó dormida, sin quitarse las mallas y la camiseta.

Cuando el estridente sonido del timbre la despertó, Jemima se levantó de un salto, sorprendida porque la mayoría de las visitas solían ser amigos de sus padres y todos sabían que estaban en Devon, visitando a una familia de su antigua parroquia. Eso era lo más parecido a unas vacaciones con el poco dinero que tenían.

Jemima miró la cuna y comprobó que su sobrino seguía durmiendo; su carita roja, la boquita de piñón relajada...

Desde el pasillo podía ver dos figuras masculinas al otro lado del cristal de la puerta.

–¿Sí? –preguntó, abriendo solo unos centímetros.

Un hombre de pelo gris la miró con expresión seria.

–¿Podemos hablar con usted un momento, señorita Barber?

Le ofreció una tarjeta de visita y Jemima tragó saliva. *Charles Bennett. Bennett & Bennett, Abogados.*

Temiendo enseguida otro problema relacionado con

la prematura muerte de su hermana, abrió la puerta del todo y les hizo un gesto para que entrasen. Julie había dejado muchas deudas, pero ella no tenía dinero para pagarlas. Se le encogió el corazón ante la idea de contarle a la policía que su hermana había robado su identidad hasta el punto de contraer deudas a su nombre, viajar con su pasaporte e incluso tener un hijo usando el nombre de Jemima Barber. Temía que revelar esa información le costase la custodia de Nicky, que en cuanto admitiese que el niño no era hijo suyo se lo quitarían para llevarlo a una casa extraña. Con extraños.

–Luciano Vitale.

El acompañante del abogado dio un paso adelante y Jemima dio uno atrás, todos sus sentidos alerta de repente.

El alto extraño no se parecía a ningún otro hombre que hubiera conocido. Se movía con ligereza, silencioso como un soldado en medio de la jungla. Era poesía en movimiento, pura fantasía femenina en carne y hueso. Seguramente era el hombre más apuesto que había visto en toda su vida. Tan magnético atractivo aceleró su corazón y tuvo que hacer un esfuerzo para llevar oxígeno a sus pulmones mientras sus ojos se clavaban en las facciones de bronce. Se sentía como una colegiala y apartó la mirada a toda prisa mientras los invitaba a pasar al salón.

Luciano no podía apartar los ojos de Jemima Barber porque era tan diferente a lo que había esperado. En su foto de pasaporte era una mujer rubia de ojos azules, un poco rellenita, tan normal que había torcido el gesto al pensar que alguien tan vulgar pudiese darle un hijo.

Pero dos meses antes había visto las imágenes de

una cámara de seguridad de un hotel de Londres y esas imágenes le habían dicho mucho más sobre su verdadera naturaleza.

De pelo rubio corto, llevaba un top muy escotado, una diminuta falda plateada y unos zapatos de tacón de aguja que resaltaban su esbelta figura y la curva de sus pechos operados. Actuaba como la prostituta que era, riendo y manoseando a los dos hombres a los que llevaba a su habitación del hotel esa noche.

Pero esa imagen había sido reemplazada por otra, aún más sorprendente. Jemima Barber había vuelto a reinventarse. Posiblemente el cambio en su aspecto era deliberado, para borrar su imagen de timadora. El pelo corto había sido reemplazado por largas extensiones que creaban una gloriosa melena de color del trigo bajo el sol.

Su rostro ovalado parecía limpio de maquillaje, los suculentos labios rosados, el rubor en sus mejillas y los pálidos ojos azules, de un tono tan poco usual que al principio había pensado que era un truco de la luz. Llevaba unas mallas negras y una camiseta ajustada que acentuaba la curva de sus generosos pechos.

Tuvo que hacer un esfuerzo para apartar los ojos de tan seductora exhibición, reconociendo que las fotos no le hacían justicia porque en persona su pecho tenía un aspecto mucho más natural. Y más curvas. ¿Habría engordado?

La ropa sencilla también era una sorpresa. Claro que ella no esperaba visita y tal vez vestía de forma más discreta cuando estaba con sus padres.

De hecho, en ese momento tenía un aspecto tan sencillo y juvenil que tuvo que preguntarse quién era

Jemima Barber en realidad. Y entonces se enfadó consigo mismo por hacerse esa pregunta cuando ya sabía todo lo que tenía que saber sobre ella.

Era una mentirosa, una ladrona y una prostituta que no pensaba en nadie más que en ella misma. Vendía su cuerpo con la misma frivolidad con la que pensaba vender a su hijo.

Nerviosa bajo la intensa mirada oscura de Luciano Vitale, Jemima sintió que le ardía la cara y mantuvo su atención en el hombre mayor.

–¿En qué puedo ayudarlos?

–Hemos venido a hablar del futuro del niño –le informó Charles Bennett.

Se le cayó el alma a los pies y cuando giró la cabeza para mirar a Luciano Vitale observó de inmediato lo que se había negado a reconocer unos segundos antes; la terrible conexión que ponía un interrogante sobre sus esperanzas y sueños para Nicky, que era una copia en miniatura de aquel hombre.

Luciano llevaba el pelo un poco más largo de lo convencional, los rizos negros rozando el cuello de su camisa. Tenía la nariz recta, pómulos espectaculares, cejas arqueadas y unos ojos profundos del color de las piedras ojo de tigre, tan duros e implacables como un cristal.

Recordaba algunos comentarios de su hermana sobre el padre de Nicky...

«Si me conociese me desearía... los hombres siempre me desean», le había dicho, emocionada. «Es precisamente el tipo de hombre con el que querría casarme: rico, guapo, importante».

Pero no hubiera sido la esposa perfecta para un hombre como él. Y, por supuesto, Luciano Vitale no debía estar muy impresionado en aquel momento cuando en lugar de la esbelta y atractiva Julie se encontraba con la más rellenita y vulgar melliza, le dijo una vocecita.

¿Era por eso por lo que la miraba tan fijamente? Pero él no sabía que era la hermana de Julie, a quien no había conocido. Seguramente no sabía que tenía una hermana melliza y que le había robado su identidad. ¿Sabría que su hermana había muerto?

No, claro que no. De haberlo sabido esas hubieran sido las primeras palabras del abogado porque la muerte de su hermana lo cambiaba todo. Jemima sintió un escalofrío por la espalda. Como madre de Nicky, Julie había tenido derechos sobre el niño, aunque esos derechos pudieran ser disputados en un tribunal. Como tía de Nicky, ella no tenía ningún derecho. Pero Julie había dado a luz con su nombre y era su nombre el que aparecía en la partida de nacimiento. En realidad, era un enredo legal que tendría que ser solucionado algún día. Pero no aquel día precisamente, decidió Jemima cuando sus ojos se encontraron con los fríos ojos de Luciano Vitale, que la miraban con tanta emoción y empatía como si fuera un espécimen de laboratorio. El padre de Nicky desconfiaba y parecía dispuesto a hacer juicios y tomar decisiones. No había buena voluntad en esa visita y era comprensible. Julie había tenido a su hijo y luego se había ido del hospital, dejando una nota en la que pedía dinero a cambio del niño.

Jemima levantó la barbilla como si no le molestase el escrutinio de Luciano y se concentró en el abogado. La tensión en el ambiente era tan sofocante que le impedía articular palabra.

Sabía que tenía que calmarse y hacerlo rápido porque estaba en juego el bienestar del niño. Si admitía quién era en realidad podrían quitarle a su sobrino y su corazón se detuvo al pensarlo. No, no podía arriesgarse. Y por esa razón mentiría y fingiría, aunque fuese en contra de sus principios.

Luciano estaba sorprendido por el extraño comportamiento de la joven que tenía delante. Las mujeres no levantaban la barbilla con ese gesto insolente ni lo ignoraban con tal descaro. Al contrario, sonreían, flirteaban con él, intentaban atraerlo de cualquier forma. Nunca lo ignoraban. Y, sin embargo, Jemima Barber estaba haciéndolo.

–Quiero que se le haga una prueba de ADN al niño para comprobar que es mi hijo –anunció Luciano.

Su voz ronca, masculina, con ese fuerte acento italiano, hizo que se le pusiera la piel de gallina. Pero cuando entendió lo que estaba dando a entender irguió los hombros, ofendida.

–¿Cómo se atreve? –le espetó.

En su boca, perfectamente moldeada, vio un rictus de desprecio.

–Me atrevo porque no puede haber ninguna duda de que sea hijo mío.

–En cualquier caso, una prueba de ADN estaba en el contrato que usted firmó –dijo el abogado–. Desgraciadamente, se marchó del hospital antes de hacerla.

El recordatorio del contrato que Julie había firmado con su nombre calmó su furia y la llenó de vergüenza. Estaba a punto de mentir, a punto de fingir que era su hermana y le dolía porque ella era una persona honesta que detestaba la mentira. Pero su deseo de cuidar de

Nicky, tuvo que reconocer, libraba una batalla con su conciencia. Debería contarles la verdad, por desagradable o peligroso que fuera, pensó.

Aquel hombre era el padre de Nicky. ¿Pero podía dar un paso atrás y ver como Luciano Vitale le quitaba a su sobrino?

Sabía que no podía hacerlo. Su deber era protegerlo. Nicky era un niño indefenso y era su obligación pensar en su futuro y asegurarse de que tuviera todo lo que necesitaba. Pero debía ser generosa, se recordó a sí misma, aunque el resultado fuese perder al niño al que tanto quería.

–La prueba de ADN –repitió Luciano, preguntándose si su palidez y ese gesto aprensivo indicaban que el niño no era hijo suyo. Si ese fuera el caso sería mejor descubrirlo cuanto antes. Podían hacer la prueba allí mismo. Era un procedimiento muy sencillo, hecho con un simple bastoncillo y tendrían el resultado en cuarenta y ocho horas.

–Sí –murmuró Jemima, con la boca seca, los nervios agarrotados en el estómago.

¿Los mellizos compartían el mismo ADN? No tenía ni idea y le preocupaba quedar como una impostora. En fin, solo podía esperar a ver qué pasaba porque no estaba en condiciones de hacer nada más. Negarse a hacer la prueba solo aumentaría la animosidad de Luciano Vitale y la incertidumbre sobre el futuro de su sobrino.

–¿Entonces estás de acuerdo? –le preguntó él en voz baja.

La mirada de Jemima conectó involuntariamente con esos ojos oscuros rodeados de aterciopeladas pestañas. Su corazón se volvió loco y se sintió mareada,

como si estuviera al borde de un abismo. Sentía un in-
esperado y alarmante cosquilleo por todas partes, su
piel demasiado sensible como para soportar el peso de
la ropa.

–Sí.

–De hecho, estarás de acuerdo con todas mis exi-
gencias –siguió Luciano, maravillándose del brillo en
los pálidos ojos azules–. Porque no eres tonta y sería
una tontería negarse a hacer lo que pido.

Con las cejas fruncidas, Charles Bennett estudió a
su cliente con gesto de asombro y luego se volvió para
observar a la joven rubia, que miraba a Luciano como
si la hubiese hechizado.

# Capítulo 2

**P**OR qué dice eso? –desconcertada, Jemima sacudió la cabeza como si lo necesitase para aclarar sus ideas.

–Porque soy yo quien manda aquí –le informó Luciano con fría seguridad–. Tengo imágenes de una cámara de seguridad en las que apareces robando tarjetas de crédito y usándolas después. Eso es un fraude y si decidiese enviar esa cinta a la policía...

–¡Me está amenazando! –lo interrumpió ella, aturdida.

¿Tarjetas de crédito robadas? ¿Sería posible que Julie hubiese caído tan bajo mientras trabajaba en Londres? Cuando le preguntó cómo podía vivir en un lujoso hotel Julie había hecho una mueca, como si esa pregunta fuese una grosería, y se había negado a darle explicaciones.

–Mi cliente no está amenazándola –intervino Charles Bennett–. Solo está diciéndole que tiene una cinta con imágenes del robo.

Jemima había palidecido y no se atrevía a mirar a Luciano. ¿Pruebas del robo? Podrían detenerla inmediatamente y separarla de Nicky.

–¿Entonces aceptas la prueba de ADN? –insistió Luciano.

–Sí –asintió ella con voz trémula.

–Intentaremos hacer esto de forma civilizada.

Ante tan poco persuasivo argumento Jemima sintió que le temblaban las manos. Nunca en toda su vida había deseado tanto darle una bofetada a alguien, pero esa condescendencia por parte de Luciano Vitale enviaba violentas vibraciones de antagonismo y, haciéndose la fuerte, se atrevió a mirarlo de nuevo.

Fue un grave error. Cayó en la hipnótica oscuridad de su mirada y sintió miedo porque intuía en Luciano Vitale cierta propensión a la violencia. Era un hombre de extremos, de peligrosas emociones, y durante un segundo estaba todo ahí, en sus extraordinariamente atractivos ojos, como un latido eléctrico de alto voltaje, la advertencia de dar un paso atrás o aceptar las consecuencias. Al parecer, escondía la turbadora realidad de su naturaleza bajo una helada máscara de amabilidad.

–Sí, debemos intentar ser civilizados –se oyó decir a sí misma mientras intentaba controlar el pánico.

–Puedo ser razonable –le informó Luciano–. Y no haré nada que sea contrario a las leyes británicas. Eso quiero dejarlo claro.

–Por supuesto –asintió ella, preguntándose por qué esa afirmación no hacía que se sintiera más segura.

Quería cumplir con las leyes británicas y lo entendía. ¿Pero dónde la dejaba eso a ella? Julie había cometido delitos y la única forma de limpiar su nombre sería contarles que su hermana había robado su identidad. Desgraciadamente, si hacía eso perdería los derechos de custodia de Nicky. ¿Cómo iba a soportarlo? ¿Cómo iba a arriesgarse? Lo único que podía hacer por el momento, pensó, era seguir fingiendo que era Julie hasta que la policía se pusiera en contacto con ella. Entonces contaría la verdad porque no tendría otra alternativa.

Luciano estudió a su presa, su mirada clavándose instintivamente en los gruesos labios y en la suave curva de sus generosos pechos. Era un hombre y seguramente era natural que se fijase en su cuerpo, pero el latido en su entrepierna lo enfureció y se dio la vuelta con gesto altanero, los anchos hombros rígidos bajo la elegante chaqueta de color gris.

–El técnico vendrá a realizar la prueba esta misma tarde.

–No pierde el tiempo –comentó Jemima.

Luciano se volvió, con los ojos entrecerrados y cortantes como navajas.

–Tú ya has perdido tiempo más que suficiente –le espetó con brutal sinceridad.

Jemima miró a su acompañante, cuya incomodidad era notoria. Lo de ser civilizado era discutible y Luciano Vitale no tenía intención de tratar a alguien como ella con guantes de seda. Era evidente que la veía como un ser inferior. Tendría que endurecerse, se dijo a sí misma, para lidiar con alguien a quien disgustaba tanto.

Atónita como estaba por la visita de Luciano Vitale, cuando se fue siguió la rutina habitual con Nicky. Había pensado disfrutar de las largas vacaciones de verano con el niño antes de buscar una guardería para cuando tuviese que volver al trabajo, pero empezaba a preguntarse si perdería su custodia antes de eso.

Estaba en el suelo jugando con él cuando volvió a sonar el timbre.

Era el técnico que iba a realizar la prueba de ADN, una mujer que le entregó un formulario de consentimiento informado y le pidió que sentase a Nicky una vez firmado. La prueba duró apenas unos segundos. Jemima esperaba que se la hiciese también a ella, pero la mujer cerró su maletín y se marchó.

No estaba de humor para más visitas y tuvo que contener un gemido cuando el timbre volvió a sonar por tercera vez.

Jemima hizo una mueca al ver a su exnovio. Sí, seguían siendo amigos porque a sus padres les caía muy bien y había tenido que soportar sus visitas a menudo. Steven era alguien importante en la iglesia y dirigía un joven grupo evangélico con mucho éxito.

–¿Puedo entrar? –preguntó Steven cuando la amable charla sobre las vacaciones de sus padres terminó.

–Nicky está despierto –le advirtió Jemima, esperando que entendiese la indirecta y se fuera.

–¿Cómo está el pequeñajo? –preguntó él con la más falsa de las sonrisas.

–Bueno, ha aparecido su padre –respondió ella sin querer. Haberlo admitido era la prueba de lo angustiada que se sentía porque había dejado de confiarle sus cosas en cuanto supo que no aprobaba que se hubiera hecho cargo del niño.

Steven se sentó en el sofá con la informalidad de alguien que visitaba la casa a menudo. Un guapo dentista con una consulta lucrativa, su ex era un hombre que caía bien a todo el mundo. Jemima, que había creído amar a Steven durante años y había esperado casarse con él antes de que Julie apareciese en sus vidas, tenía otra opinión.

«Sí, es guapo y podrías pasarlo bien con él, pero es tu novio. No voy a quitártelo», le había dicho Julie.

Pero no era verdad. Y cuando supo que a Steven le gustaba su hermana le dejó el campo libre. Por supuesto, Steven y Julie no estaban hechos el uno para el otro, como había sospechado desde el principio. Su hermana y su ex habían disfrutado de una corta aventura, nada más, y Jemima de verdad lo había perdonado. ¿Cómo iba a culparlo por haber encontrado más atractiva a su hermana? No, lo que le había molestado era que estuviese presuntuosamente convencido de que podría recuperar su afecto cuando Julie desapareció. Steven no tenía ninguna sensibilidad.

–¿Su padre? –repitió Steven con interés–. Cuéntame más.

Jemima le habló sobre la visita, pero no dijo nada sobre las tarjetas de crédito robadas para no darle otra oportunidad de insultar la memoria de su hermana.

–¡Es la mejor noticia que me has dado en mucho tiempo! –exclamó Steven, sus claros ojos azules brillantes de alegría–. Sé que sientes un gran cariño por Nicky, pero quedarte con él no es práctico en tus circunstancias.

–Los sentimientos no suelen ser prácticos –replicó Jemima.

Steven torció el gesto.

–Tú sabes lo que siento por ti, Jem. ¿Cuánto tiempo vas a tardar en perdonarme? Me porté mal, lo sé. Cometí un error, pero he aprendido de ello.

–Si me hubieras querido de verdad no habrías deseado a Julie.

–Para los hombres es diferente. Somos criaturas más básicas –replicó Steven, con tono autosuficiente.

Jemima apretó los dientes, conteniendo el deseo de

poner los ojos en blanco. Le asombraba no haberse dado cuenta antes de lo sexista y cargado de prejuicios que podía ser su ex.

–Lo siento, ese tiempo ha pasado. Te tengo cariño, pero nada más.

–Háblame del padre de Nicky –la animó Steven, con gesto irritado.

–Solo sé su nombre, nada más.

–Entonces, vamos a informarnos.

Steven buscó el nombre de Luciano Vitale en su tablet y empezó a aportar datos...

Luciano era hijo de un famoso *capo* de la mafia siciliana. Jemima puso los ojos en blanco. Era multimillonario, lo cual no era una sorpresa, pero lo que siguió sí lo era. Con poco más de veinte años, Luciano se había casado con una famosa estrella de cine italiana con la que había tenido una hija, pero perdió trágicamente a las dos en un accidente de helicóptero tres años después. Jemima se quedó muy sorprendida y disgustada por esa noticia.

–Así que ahí lo tienes, por eso quería tener un hijo, porque su hija murió en un accidente –dijo Steven con gesto satisfecho–. ¿Cómo puedes poner en duda que ese hombre sea un buen padre?

–Está soltero. ¿Cómo va a cuidar de un bebé? –insistió ella, testaruda–. Tal vez quería a Nicky para reemplazar a su hija, pero es una persona completamente diferente y tiene sus propios derechos...

Steven pontificó durante un rato sobre la inmoralidad de tener un hijo con un vientre de alquiler que, según él, iba contra las leyes naturales. Jemima no dijo nada porque estaba demasiado ocupada mirando las fotografías de una exquisita rubia, Gigi Nocella, la difunta esposa de Luciano y madre de su hija. Hacían muy buena pareja, pensó tontamente, las dos eran personas bellísimas.

Luciano había perdido una hija, pensó entonces con tristeza, y se sentía culpable por sus reservas para entregarle a Nicky. ¿Quién era ella para inmiscuirse cuando sabía que su hermana había cometido tantos errores en la vida?

–Vitale tiene que saber lo que Julie te hizo a ti y a tu familia –opinó Steven–. Después de todo, si hubiera estado más pendiente de ella Julie nunca habría venido aquí para haceros tanto daño.

–Eso es cuestión de opiniones –pensando que ya había sido bastante hospitalaria, Jemima se levantó con la intención de apresurar su partida.

–Debes ser sensata, Jem –dijo él, exasperado–. Nicky no es tu hijo y no deberías portarte como si lo fuera. Si se lo entregas a su padre...

–¿Como si fuera un paquete?

–Pero el niño es hijo de su padre –insistió Steven con vehemencia–. Y sé que ese niño es lo que impide que volvamos a estar juntos. Tú sabes lo que pienso sobre todo esto. ¿Por qué quieres hacer más por ese niño de lo que pensaba hacer su propia madre? Seamos sinceros, Julie no era una buena persona...

–¡No sigas! –lo interrumpió Jemima–. Cuando me llamen, les diré a mis padres que has venido de visita.

Cerró la puerta con más fuerza de la necesaria y dejó escapar un suspiro de frustración. Más tarde, mientras jugaba con Nicky en el baño, intentó pensar en su situación. No era su hijo y eso era algo que no podía cambiar por mucho que lo desease... ni devolverle la vida a Julie. Luciano Vitale había perdido una niña a la que debió querer mucho y esa debía ser la razón por la que había buscado un vientre de alquiler para tener otro hijo.

Jemima envolvió el cuerpecito mojado de Nicky en una toalla y lo apretó contra su corazón. Luciano había buscado a su hijo durante ocho meses y ella debía dejar de ser tan egoísta y dar un paso atrás. ¿Tenía prejuicios contra Luciano porque había elegido un acuerdo de vientre de alquiler para tener un segundo hijo? Ella era conservadora, convencional y seguramente estaba un poco predispuesta a ese tipo de prejuicios, aunque le avergonzase admitirlo.

¿Cómo podía haber aceptado a Julie y Nicky, pero tener prejuicios contra el padre del niño? ¿Pero y si Luciano Vitale no era el padre de su sobrino?

Sin embargo, dos días después recibió el resultado de la prueba de ADN, que revelaba que su sobrino era hijo de Luciano. Apenas había dejado el documento sobre la mesa cuando sonó el teléfono.

–Luciano Vitale –dijo con seco tono de advertencia–. Me gustaría ver a mi hijo esta tarde.

Jemima recordó que no había sitio para sus sentimientos cuando se trataba de Nicky y tomó aire antes de responder:

–De acuerdo, señor Vitale. ¿A qué hora le viene bien?

Lo discutieron amablemente, pero ella insistió en que fuese unas horas antes de lo que él sugería porque sabía que cuanto más tarde llegase, más cansado estaría el niño. Y quería que el primer encuentro entre Nicky y su padre fuese agradable porque sería malvado y mezquino querer lo contrario.

El pequeño salón estaba limpio como una patena cuando por fin terminó de limpiar, pero a Nicky le estaban saliendo los dientes y no dejaba de llorar cuando intentó meterlo en la cuna a la hora de la siesta. Ellie había estado enviándole mensajes desde que le habló de la visita de Luciano, reaccionando a su visita con tanta emoción como si fuera una estrella del rock.

—¿Seguro que no puedo ir y quedarme mirando desde la puerta? —insistió su amiga—. Estoy deseando verlo en carne y hueso. Es guapísimo.

—No es el momento, Ellie. Además, parece una persona muy reservada.

—Pero es una tentación con piernas para cualquier mujer.

—Puede que salga guapo en las fotos, pero no es agradable ni simpático —murmuró Jemima.

—¿Y por qué iba a serlo? Él cree que eres Julie y que le estafaste. ¿Cuándo piensas contarle la verdad?

—Cuando encuentre el momento. Esta noche no porque estará de mal humor y es capaz de llevarse a Nicky —admitió Jemima, haciendo una mueca.

—Lo sepa o no, está en deuda contigo —dijo Ellie, siempre tan leal—. Tú has cuidado de él desde que tenía una semana y lo echarás de menos cuando se lo lleve.

«Cuando se lo lleve», pensó Jemima con el corazón encogido al verse por fin enfrentada con esa realidad. Nicky estaba a punto de desaparecer de su vida y no podía hacer nada porque Luciano era su padre.

Se sentía angustiada mientras esperaba la visita. Nicky tenía un aspecto adorable con su ranita azul, pero estaba un poco temperamental por los dientes y podía pasar de sonreír a llorar en cuestión de segundos.

Jemima oyó que llegaba un coche y corrió a la ventana. El equivalente a una cabalgata estaba aparcando frente a su casa; una colección de vehículos compuesta por una limusina negra y varios Mercedes, todos con las ventanillas tintadas. Mientras miraba, varios hombres bajaron de los coches y se abrieron en abanico por la calle mientras recibían instrucciones a través de pinganillos.

Todos llevaban traje de chaqueta oscuro y gafas de sol, y tenían un aspecto agresivo. Por fin, Luciano bajó de la limusina, haciendo sombra a los altos guardaespaldas. Llevaba unos vaqueros gastados y un sencillo jersey negro de manga larga... y seguía dejándola sin aliento.

Los vaqueros se pegaban a sus poderosos muslos y estrechas caderas, mientras el jersey negro destacaba su pelo negro azabache y su piel morena. Se le quedó la boca seca mientras lo miraba y, sin darse cuenta, pasó las palmas de las manos por las perneras de sus viejos vaqueros, nerviosa, deseando tener ese estilo que él exudaba con irritante tranquilidad.

Una delgada rubia iba a bajar de la limusina, pero Luciano se volvió para decirle algo y la mujer volvió al interior. ¿Quién sería, su novia?

«No es asunto tuyo quién sea», le recordó una vocecita mientras abría la puerta bruscamente, intentando prepararse para lo que la esperaba.

—Señor Vitale...

–Buenos días –dijo él, con seria frialdad, sus bronceadas facciones totalmente inexpresivas.

–Nicky está aquí –Jemima empujó la puerta del salón para que viese al niño jugando en el suelo con sus juguetes favoritos.

–Su nombre es Niccolò –la corrigió Luciano–. No me gustan los diminutivos. Y me gustaría ver a mi hijo a solas.

No estaba mirándola a ella sino a Nicky... Niccolò, y los lustrosos ojos de tigre brillaban de emoción.

Jemima se quedó mirando porque no podía hacer otra cosa y notó, aliviada, que las duras facciones de Luciano se suavizaban. Había dejado de apretar esos labios esculpidos y parecía un poco más relajado.

–Gracias –murmuró, entrando en el salón y cerrando la puerta en su cara.

Suspirando, Jemima se dejó caer sobre una silla. No quería público en ese momento, razonó, intentando ser justa.

¿Quién sería la mujer que esperaba en la limusina? Si era su novia, ¿viviría con ella? Tal vez no podían tener hijos y por eso habían recurrido a un vientre de alquiler.

¿Pero qué le importaba a ella todo eso? Bueno, le importaba, tuvo que reconocer, porque le importaba el futuro de Nicky, pero en realidad no tenía nada que decir al respecto.

Cuando escuchó un gemido en el salón se puso en guardia. Nicky estaba pasando por una fase difícil y no siempre reaccionaba bien con los extraños. Podía oír a Luciano intentando calmar al niño, pero de repente Nicky empezó a llorar de modo inconsolable. Jemima no se movió, pero tuvo que apretar los puños hasta que sus nudillos se volvieron blancos mientras intentaba contenerse para no intervenir. Los sollozos del niño la angustiaban, pero sabía que debía dar un paso atrás y aceptar que Luciano Vitale era su padre.

Cuando los sollozos se convirtieron en gritos la puerta del salón se abrió abruptamente.

–Será mejor que entres... está asustado –dijo Luciano con sequedad.

Jemima no esperó una segunda invitación. Entró en el salón a toda prisa y Nicky levantó los bracitos hacia ella, angustiado, temblando y llorando mientras enterraba la carita en su cuello.

Luciano observaba tan reveladora escena con furiosa incredulidad. Niccolò enterraba la carita en el cuello de su madre con patente desesperación, como escondiéndose del extraño que había intentado hacerse su amigo.

Mientras ella intentaba calmarlo, Luciano se dio cuenta de dos cosas: el niño estaba muy apegado a su madre, algo lógico, y dependía de ella para sentirse seguro. Era una complicación que ninguno de los dos deseaba.

De repente, su atención se concentró en la generosa curva del trasero femenino bajo los vaqueros y tuvo que apartar la mirada para concentrarse en los rizos oscuros de su hijo. Muy bien, le gustaba que las mujeres no pareciesen chicos y ella tenía unas curvas espléndidas, pero esa respuesta hormonal era más que inapropiada.

–Le están saliendo los dientes y está un poco agitado –le explicó ella, como defendiendo al niño–. Además, es tarde y está cansado.

–Parece muerto de miedo. ¿No está acostumbrado a ver gente? –preguntó Luciano con tono crítico.

–Está más acostumbrado a las mujeres.

–Pero imagino que tus padres se quedaron cuidando de él mientras tú estabas en Londres.

Jemima se quedó sin aliento al recordar la mentira que estaba viviendo. Al fin y al cabo, nadie podía estar en dos sitios al mismo tiempo y mientras ella estaba dando clases y pagando la guardería, Julie estaba en Londres.

–Mi padre está retirado, pero sale mucho, así que Nicky lo habrá visto menos –murmuró, cruzando los dedos mientras contaba una mentira que la hacía sentir culpable porque Nicky adoraba a su abuelo.

El niño se metió el pulgar en la boca y suspiró sobre el hombro de Jemima.

–Lo siento, pero imagino que con el tiempo se acostumbrará a usted.

Luciano apretó los labios. Tiempo. Él no tenía tiempo que perder.

–¿Es su novia quien espera en el coche? –le preguntó abruptamente para cambiar de tema.

Él frunció unas cejas de ébano sobre unas pestañas tan densas como el encaje negro.

–No, es la niñera que he contratado.

–¿Una niñera? –repitió ella.

–Me hará falta alguien con experiencia para cuidar de mi hijo –respondió Luciano, burlón.

Empezaba a preguntarse qué iba a hacer sobre el problema en que se había convertido la madre de su hijo, pero no iba a casarse con ella como Charles Bennett había sugerido absurdamente.

–Un matrimonio solo en papel –le había explicado Charles–. Con una simple firma legitimaría el nacimiento de su hijo, solucionaría los problemas de herencia y tendría la custodia legal del niño. Como exmujer, ella recibiría una compensación económica y todos contentos.

Perfecto en una pesadilla, había pensado Luciano. No iba a darle su apellido a una mujer que había sido prostituta y ladrona, ni en un matrimonio de conveniencia siquiera.

Había contratado una niñera, pensaba Jemima, asustada. De modo que estaba pensando llevarse a Nicky en cuanto le fuera posible.

Luciano miró a su hijo, que respiraba tranquilo sobre el hombro de Jemima. Podría arrebatárselo como una vez a él lo habían arrebatado de los brazos de su madre. Entonces tenía tres años, pero jamás perdonó a quien lo separó de ella. Había sido un momento de gran violencia y, naturalmente, estaba traumatizado por el episodio. No pensaba hacer algo parecido, por supuesto. Despreciaba a Jemima Barber, pero no quería que muriese por haberlo traicionado.

—Nicky es muy emotivo —dijo ella—. Se disgusta fácilmente.

Luciano entendía que el niño estuviese tan apegado, pero se sentía absurdamente resentido.

—Me sorprende que te quiera tanto. Has pasado mucho tiempo en Londres, dejándolo al cuidado de otros —la reprobó Luciano.

—He pasado más tiempo con Nicky del que usted cree —replicó ella, levantando la barbilla—. Por supuesto que me quiere.

—Pero ibas a entregármelo —le recordó él con frialdad—. Mientras el dinero que te diese a cambio fuera suficiente, claro. ¿No deberías haberlo preparado mejor para la separación?

El rostro de porcelana se volvió granate.

–No sabía si iba a haber una separación –replicó Jemima, sin saber qué decir.

–No habría dejado que nada ni nadie me separase de mi hijo. Desde que desapareciste no ha habido un solo día en que no haya pensado en él –anunció Luciano con los ojos brillantes, retadores–. Es mi hijo.

–Sí, lo sé –asintió ella, sin aliento bajo el asalto de esa mirada extraordinariamente atractiva–. Pero entregárselo no va ser tan simple como había pensado.

Luciano encogió los anchos hombros en un gesto de desinterés.

–Convenciste a un psiquiatra de que sabías lo que estabas firmando y podías lidiar con ello.

Jemima empezaba a estar desesperada.

–Las cosas cambian –susurró.

–Quiero a mi hijo –dijo Luciano con firmeza.

De repente, a Jemima se le ocurrió una idea. Loca, desesperada, pero no encontraba otra solución.

–¿Y no podría ser yo la niñera? ¿Aunque fuese durante unos meses?

Él la miró, incrédulo.

–¿La niñera? ¿Tú? ¿Te has vuelto loca?

–Solo hasta que se acostumbre a su nueva vida. Tendrá una profesora infantil, además de una niñera.

–Pero nunca has trabajado con niños.

–Sí, yo... tengo experiencia.

–¿Fuiste profesora antes de decidir que era mejor ganar dinero fácil como chica de compañía?

Jemima se quedó helada.

–¿Chica de compañía? –su voz se rompió–. Eso es horrible...

Luciano suspiró.

–Lo sé todo sobre ti, no puedes mentirme. Estabas trabajando como chica de compañía en Londres y eras muy popular entre los hombres mayores hasta que empezaste a robarles la cartera. Hablé con la agencia que te hacía las reservas antes de que decidieran prescindir de tus servicios.

Jemima abrió la boca y volvió a cerrarla. Estaba pálida como la nieve, aturdida, el corazón latiendo como si quisiera salirse de su pecho. No quería creerlo, pero se veía obligada porque el deseo de Julie de conseguir dinero había sido más fuerte que su amor propio.

¿Chica de compañía? Jemima hizo una mueca. Trabajando como «chica de compañía», su hermana había tenido oportunidades de robar. Y, tristemente, las tarjetas de crédito solo eran la punta del iceberg. Al parecer, Julie había estado tan dispuesta a vender su cuerpo como a vender a su hijo.

–Era una agencia muy exclusiva –siguió Luciano, menos gratificado de lo que esperaba al ver su expresión contrita.

–Así que no soy lo que espera de una niñera –susurró Jemima.

–Me temo que no. Mi equipo de seguridad vendrá a buscar a Niccolò mañana para llevarlo a Londres. Una niñera vendrá con ellos. Naturalmente, quiero pasar tiempo con él antes de...

–¿Antes de qué? –lo interrumpió Jemima.

–Antes de llevarlo a Sicilia conmigo. Tú sabes que esto tiene que terminar, ¿por qué vas a ponérmelo difícil?

Jemima se desinfló como un globo pinchado. Julie había firmado un acuerdo y había aceptado el pago. No había una cláusula de escape, a menos que quisiera llamar a los medios para contarles la triste historia. ¿Pero dónde la llevaría eso? Y, sobre todo, ¿qué ganaría Nicky?

Notificados sobre las circunstancias de su nacimiento, los Servicios Sociales se harían cargo del niño y decidirían su futuro. No había ninguna garantía de que Luciano consiguiera la custodia. De hecho, había más posibilidades de que Nicky acabase en una casa de acogida y ni ella ni Luciano volverían a verlo nunca.

Haber mentido, haciéndose pasar por Julie para quedarse con su sobrino, jugaría en su contra a ojos de las autoridades... y a los de Luciano si algún día descubría la verdad.

# Capítulo 3

¿**P**ODRÍA ir contigo a Londres? –le preguntó Jemima a la niñera–. Ir en el coche con él sería más fácil para Nicky. Además, en el camino podría explicarte su rutina diaria.

–Pues... yo... –la niñera, que se había presentado como Lisa, miró al alto y fuerte guardaespaldas que estaba a su lado.

Cuando el guardaespaldas sacó un teléfono móvil Jemima entendió el mensaje: no se podía hacer nada sin el permiso y aprobación de Luciano Vitale. Se regañó a sí misma por pensar que estaba siendo astuta cuando se le ocurrió la idea la noche anterior. Pero de verdad no era su intención obstaculizar el día de Luciano con Nicky. Sencillamente quería estar a mano por si ocurría algo.

–He pensado aprovechar la oportunidad para ir de compras –mintió nerviosamente mientras el guardaespaldas hablaba en italiano por teléfono.

–El señor Vitale toma todas las decisiones –le explicó Lisa con una sonrisa de disculpa–. No quiero meter la pata el primer día, pero la verdad es que me vendría bien saber algo más sobre su hijo.

–¿Señorita Maurice? –el guardaespaldas le pasó el teléfono.

Jemima vio que la mujer palidecía mientras recibía instrucciones, contestando con monosílabos, y luego le pasó el teléfono a ella.

Sabiendo que era su turno de recibir instrucciones, Jemima soltó una carcajada que sorprendió a sus acompañantes.

–Me alegra mucho que hayas encontrado algo de lo que reírte –el tono de Luciano era cortante como un cuchillo.

–Por favor, no se lo tome así. Prometo que no tendrá que verme. Solo quiero ir a Londres... de compras.

–Estás mintiendo.

A Jemima se le heló la sangre en las venas.

–¿Tiene un sexto sentido o algo así?

–O algo así. Dime la verdad o no tomaré en cuenta la idea.

–Quería estar a mano... ya sabe, en caso de que me necesitase.

Al otro lado del teléfono, Luciano dejó escapar un suspiro de impaciencia. ¿Cómo tenía valor para molestarlo de ese modo?

–¿Por qué iba a necesitarte?

–No tú, él. Y cálmate, Luciano –Jemima se atrevió a tutearlo por primera vez–. Nicky puede ser muy temperamental. Es mejor mostrarse calmado y relajado...

Él suspiró, incrédulo.

–A ver si lo entiendo. ¿Me estás diciendo cómo debo comportarme?

–No intento ser grosera, solo quiero ayudar.

–Me estás exasperando –replicó él, enfadado.

–Lo mismo digo. Menos gruñidos, por favor. Y deja esa voz de ultratumba.

«Voz de ultratumba», pensó Luciano, incrédulo. ¿Cómo se atrevía? Era una ladrona... pero también la madre de su hijo.

–Puedes ir a Londres y volver con Niccolò a las cinco. Pásale el teléfono a Rico.

Jemima hizo lo que le pedía y después entregó la bolsa de los pañales a otro guardaespaldas.

«Cuánta tontería para nada», le habría gustado decirle a la niñera mientras subían a la limusina y colocaban al niño en la carísima silla de seguridad. Pero la precaución hizo que se mordiese la lengua. Luciano era un tirano intratable que se divertía intimidando a sus empleados y seguramente plantarle cara significaba un despido fulminante.

Jemima sospechaba que no duraría ni cinco minutos trabajando para él porque ella tenía demasiado amor propio, de modo que casi era una suerte que no hubiese aceptado su idea de ser la niñera de Nicky. Pero agradecía que la dejase ir a Londres con la niñera y volver a casa con el niño por la noche. Había temido que se quedase con él y, al menos, estaría con su sobrino un día más.

Después de darle el número de su móvil a Lisa, le pidió que la dejasen en alguna estación de metro.

La idea de mirar escaparates, porque no tenía dinero para comprar nada, no era precisamente atractiva. En los últimos meses se había acostumbrado a estar sin dinero, a cuestionarse cada compra preguntándose si de verdad lo necesitaba. Y aunque le habría encantado comprar ropa nueva y reemplazar algunos cosméticos, no le importaba hacer sacrificios para cuidar de Nicky y darle a sus padres algo de tranquilidad en su jubilación.

El deseo de soportar con buena cara lo que la vida pusiera en su camino siempre la había empujado y aquel día hizo lo mismo mientras se dirigía al Museo Británico, antes de disfrutar de una merienda en los jardines de Kensington y visitar la galería Tate. Estaba paseando por las orillas del Támesis cuando sonó su móvil.

–Nicky no se encuentra bien... ¿dónde estás? –le preguntó Luciano con tono preocupado–. Enviaré a alguien a buscarte

Jemima intentó averiguar qué le pasaba al niño, pero él se limitó a asegurar que no era nada grave. Solo parecía interesado en ir a buscarla lo antes posible para que pudiera consolar a Niccolò.

Jemima estaba sudando de estrés y ansiedad cuando por fin la limusina se detuvo frente a un exclusivo edificio de apartamentos en la mejor zona de Londres. Allí, flanqueada por dos enormes guardaespaldas, subió en un ascensor de cristal hasta un elegante ático.

–¡Pensé que ibas a quedarte cerca! –gritó Luciano cuando la vio atravesar la puerta.

Jemima estaba acostumbrada a lidiar con padres enfadados o disgustados cuyos hijos se habían puesto enfermos en el colegio o se habían hecho daño, y enseguida se dio cuenta de que Luciano entraba en esa categoría. Era un hombre poderoso que controlaba todo a su alrededor, pero la enfermedad de Nicky hacía que se sintiera impotente. Pero podía oír al niño llorando, sus gritos haciendo eco por el apartamento, y no estaba de humor para discutir con su padre.

–¿Qué ha pasado?

–El médico está con él –Luciano la empujó suavemente hacia delante. Era un hombre dominante, algo que hacía con total naturalidad, como si la necesidad de pisotear a los demás estuviera programada en él desde su nacimiento–. Aunque no está sirviendo de mucho.

Lisa paseaba por la habitación con Nicky en brazos, pero el niño no dejaba de llorar. Unas horas antes, la niñera tenía un aspecto inmaculado, pero en aquel momento su pelo estaba despeinado y la camisa manchada de comida. Un hombre mayor con gafas que solo podía ser el médico observaba la escena con expresión incómoda.

–¿Qué le pasa? –preguntó Jemima con gesto preocupado.

–Creo que es una amigdalitis... nada más –respondió el hombre.

–Mi hijo no se pondría así por algo tan poco importante –empezó a decir Luciano, enfadado.

–Pues claro que sí. Se pone así cuando está enfermo, como todos los niños. Ha tenido anginas un par de veces y estuvo despierto toda la noche.

Dejando escapar un grito, Nicky clavó los ojos enrojecidos en Jemima y levantó los bracitos hacia ella. La niñera atravesó la habitación para ponerlo en sus brazos, aliviada.

–Es evidente que quiere estar con su mamá.

–Tal vez podría explicarle al padre de Nicky que no es nada grave. El niño tiene un poco de fiebre y le duele la garganta... y posiblemente los oídos.

Agotado, el niño se dejó caer sobre su hombro y cerró los ojitos.

–Intente que beba agua para mantenerlo hidratado –recomendó el médico–. En un par de días y con la medicación adecuada se pondrá bien.

–Gracias –Jemima se dejó caer en un cómodo sofá de piel y aceptó el biberón de agua que le ofrecía Lisa mientras Luciano paseaba por la habitación como un lobo encerrado. Bueno, por fin sabía de quién había heredado Nicky los genes teatrales, pensó, burlona–. ¿Quieres beber un poco de agua, pequeñín? ¿No te gusta este biberón?

Nicky levantó la mirada, sus ojitos negros empañados de lágrimas, y Jemima sacó otro biberón de la bolsa.

–Parece que el pequeño sabe lo que quiere –comentó Lisa.

–Desde luego.

Nicky bebió un poco de agua y siguió sollozando un rato mientras ella acariciaba su cabecita y le decía lo valiente y maravilloso que era.

Luciano la observaba con airada frustración. Sabía cuándo estaba ante un *fait accompli*. Jemima era capaz de controlar y calmar a Niccolò, lo conocía bien y sabía responder a sus necesidades. La niñera y él habían sido incapaces de calmarlo y se preguntó si los niños estarían genéticamente programados para querer más a las madres que a los padres y cómo iba a vivir su hijo si ella desaparecía de repente. Sorprendido por esas preocupaciones, Luciano apretó los dientes en un gesto de frustración y llamó a alguien para que acompañase al médico a la puerta.

–Solo son unas anginas –le dijo Jemima en voz baja–. Tranquilo.

–¿Cómo demonios voy a estar tranquilo viendo que mi hijo sufre? –replicó Luciano.

–A veces no se puede solucionar los problemas de un plumazo y las enfermedades normales de un niño entran en esa categoría –señaló ella.

Al menos le importaba Nicky, pensó. Su angustiado comportamiento dejaba eso claro. Era un hombre agresivo y la intuición le decía que no compartiría voluntariamente nada que considerase suyo y personal. Evidentemente, los sentimientos por su hijo entraban en esa categoría y ella no tenía intención de preguntar.

Luciano se pasó una mano impaciente por el brillante pelo negro. Tenía sombra de barba... de hecho, parecía el tipo de hombre que debía afeitarse dos veces al día. Se había aflojado el nudo de la corbata roja y desabrochado el primer botón de la camisa blanca. Parecía un poco más humano y menos perfecto que en su anterior encuentro, y Jemima intentó no sentirse satisfecha al comprobar que Nicky era para él un reto mayor del que había esperado. Sentir eso era malicioso y egoísta, se recordó a sí misma. Nicky era hijo de Luciano y debería alegrarse de que estuviese preocupado.

Lisa volvió a la habitación cuando el niño por fin se quedó dormido.

–La niñera llevará a Niccolò a su cuna –anunció Luciano–. Tenemos que hablar.

¿Hablar? ¿De qué? Jemima frunció el ceño mientras le pasaba al niño a la niñera y la puerta se cerraba tras ellos.

–¿De qué quieres hablar?

–Por favor, no te hagas la ingenua. Has dejado bien claro que quieres sacar provecho de haber traído a mi hijo al mundo –dijo Luciano con desprecio–. Pero yo quiero lo que haga a mi hijo feliz y está claro que, por el momento, Niccolò no será feliz si tú desapareces de su vida.

A Jemima le sorprendió que admitiese tal posibilidad.

–Estoy de acuerdo.

–Aunque no hay nada que me guste o pueda respetar o admirar en ti, mi hijo está muy encariñado contigo –concedió él con tono serio–. No quiero hacerle daño apartándote de su vida inmediatamente. El niño merece más consideración. Después de todo, él no eligió las circunstancias de su nacimiento sino yo.

Le dolió que dijera que no respetaba o admiraba nada en ella, pero en realidad pensaba que era Julie y, mientras fingiera serlo, tendría que cargar con los errores de su hermana y pagar el precio por ellos.

Luciano observó el rubor en el rostro de porcelana, que acentuaba el azul de sus ojos. El color le recordaba las pálidas aguamarinas que una vez había visto en el joyero de su madre. Esos ojos y esa boca generosa serían irresistibles para cualquier hombre de sangre caliente, se dijo a sí mismo, mirando el nacimiento de sus pechos bajo la sencilla camiseta. Se preguntó de qué color sería el sujetador y enseguida se maravilló de tan absurdo pensamiento. ¿Qué era, un adolescente excitado?

Él siempre estaba rodeado de mujeres, todas más elegantes y guapas que Jemima Barber, se dijo, impaciente. Pero era la madre de su hijo quien lo excitaba cuando a menudo era indiferente a los flirteos de esas otras mujeres.

Pero lo que más le molestaba de Jemima era que en ningún momento había intentado flirtear con él. No llevaba maquillaje, la sencilla falda vaquera llegaba casi hasta las rodillas y doblaba las piernas a un lado de forma primorosa. Estaba simulando ser lo que no era, razonó, exasperado consigo mismo. Posiblemente había entendido enseguida que los tacones de aguja y mostrar demasiada piel no eran su estilo.

El sexo no era tan importante, pensó, impaciente. Esa era una verdad que había descubierto mucho tiempo atrás. No tenía tiempo para el sexo y tal vez eso explicaba su reacción ante la madre de su hijo. Posiblemente le pasaría lo mismo con cualquier mujer razonablemente atractiva.

Pero la niñera no lo excitaba en absoluto, y tampoco ninguna de sus empleadas. No, Jemima Barber tenía algo especial, algo insidiosamente sexy que aún no podía entender o catalogar y que lo atraía como un imán. Y odiaba que fuera así porque era todo lo que él despreciaba en una mujer.

El silencio estaba cargado de tensión y Jemima podía sentir un extraño calor extendiéndose por su cuerpo. Él le hacía eso. Hacía que sintiera mariposas en el estómago y una sensación húmeda entre las piernas. Hacía que sus pezones se distendiesen y empujasen contra la barrera del sujetador.

Esa bochornosa realidad le recordaba a su primer amor adolescente, cuando su cuerpo se había vuelto loco por un deseo que no entendía y no estaba dispuesta a abrazar. Pero aquello era diferente porque esas respuestas atacaban un cuerpo adulto. Se encontró estudiando el hermoso rostro masculino, aunque no quería hacerlo. No quería notar la perfección de sus altos pómulos, la nariz clásica, la fuerte línea de la mandíbula o esa boca soberbiamente masculina. Y entonces cayó en el hechizo de sus ojos oscuros, dorados como los de un tigre a la luz que entraba por la ventana, y se quedó sin respiración.

La puerta se abrió y una mujer mayor entró con una bandeja de café. Luciano tomaba el suyo sin leche y sin azúcar. Jemima con leche y muy dulce; las diferencias entre ellos tan pronunciadas en eso como en todo lo demás.

Tomando la taza con una elegante mano de largos dedos, Luciano murmuró:

—Quiero que nos acompañes a Sicilia como niñera.

La sorpresa dejó a Jemima boquiabierta y tuvo que hacer un esfuerzo para respirar.

—¿En serio?

—Así la transición sería más fácil para mi hijo, pero sería con la condición de que empieces a alejarte de él mientras dejas que otras personas ocupen tu puesto en su mundo —añadió Luciano con frialdad—. Niccolò debe aprender a vivir sin ti.

Jemima intentó tragar saliva mientras describía su papel. Estaba diciéndole lo que esperaba de ella. Sicilia y el trabajo de niñera serían algo temporal, un precio muy alto y doloroso.

Se le encogía el corazón ante la idea de despedirse de Nicky, pero le gustase o no, entendía que Luciano merecía ser respetado como padre. La detestaba, pero reconocía el lazo con su hijo y quería protegerlo. ¿Cómo podía criticarlo por eso? Un proceso gradual de despedida sería mejor que desaparecer de golpe. Luciano estaba haciendo lo más sensato.

El silencio de Jemima lo perturbaba. Había esperado

que aceptase de inmediato. ¿No le gustaban el dinero y la buena vida? ¿No se sentía como pez fuera del agua en casa de sus padres? Había pensado que era por eso por lo que se había ofrecido a hacer de niñera de su hijo. Al fin y al cabo, solo ocupando ese puesto tendría acceso a su lujoso, exclusivo y privilegiado mundo. Estaba en la ruina, endeudada hasta las cejas, y debía temer que la policía la detuviera por el robo de las tarjetas de crédito, de modo que un viaje al extranjero podría ser una forma de escapar.

—¿Has cambiado de opinión sobre mi oferta? —le preguntó.

—Bueno, respondí de forma impulsiva —empezó a decir Jemima—. No lo había pensado bien. Separarme de Nicky de repente...

—Ir a Sicilia con nosotros podría hacer que el proceso fuese menos traumático —la interrumpió Luciano irónico, pensando que detalles como llevarla de compras a las mejores casas de moda seguramente mejorarían su actitud. Por supuesto, él sabía que quería algo más y estaba dispuesto a dárselo—. Si estás de acuerdo, pagaré tus deudas y compensaré a los hombres a los que robaste para que retiren la denuncia. De ese modo, no habrá peligro de que seas detenida.

Atónita, Jemima lo estudió con el ceño fruncido.

—Pero no estaría bien dejar que tú pagases esas deudas.

Él enarcó una cínica ceja.

—Imagino que te alegrará que las pague porque tú eres ese tipo de mujer. ¿Por qué intentas fingir lo contrario?

Ante tan directa e inquietante pregunta, Jemima

bajó la mirada. Julie no hubiera discutido, seguro. En eso tenía razón. Su hermana habría aceptado el dinero para solucionar sus problemas y no habría protestado ni hecho nada que fuese en contra de sus intereses. Si quería fingir que era Julie tendría que morderse la lengua y seguirle la corriente.

Las deudas que Julie había contraído a su nombre habían sido una fuente de grave preocupación para ella y para sus padres. Ser libre de esa presión sería maravilloso, tuvo que reconocer, aun sintiéndose culpable.

—Y, naturalmente, no quiero ver a la madre de mi hijo en los tribunales por un comportamiento deshonesto —siguió Luciano sin vacilación.

«Pero yo no soy la madre de tu hijo», le habría gustado decir porque la telaraña de mentiras era cada día más difícil de justificar. ¿Y qué pasaría si le contase la verdad? ¿Seguiría llevándola a Sicilia? ¿Le ofrecería la oportunidad de ir separándose poco a poco del niño al que tanto quería? No, seguramente no.

Jemima lo miró a hurtadillas. Le había mentido y si lo descubría le quitaría a su hijo y se marcharía sin mirar atrás. Luciano Vitale no era un hombre comprensivo o tolerante. Además, lo único que ella podía ofrecer era ser, supuestamente, la madre de su hijo. Si le quitaba ese estatus, no tendría nada más.

—No, claro —asintió antes de perder el valor—. Iré a Sicilia con Nicky...

—Niccolò —la corrigió Luciano.

—Siempre será Nicky para mí —dijo ella, sin dejarse acobardar.

Algo brilló en su oscura mirada, iluminando esos ojos dorados como el cielo al amanecer, y Jemima tragó saliva, como un animalillo enfrentado de repente con un predador.

–Hacer lo que te diga sería lo más sensato –le advirtió Luciano, mirando los generosos labios rosados y el nacimiento de sus pechos...

Nunca había deseado a una mujer como la deseaba a ella. ¿Qué decía eso de él? Pero el deseo era sano y la indiferencia no, razonó. Y debía reconocer que por primera vez en mucho tiempo se sentía vivo de nuevo.

Inquieta de repente, Jemima se levantó.

–Estás intentando intimidarme.

–¿Tú crees?

–Haré lo que sea razonable, pero no voy a dejarme intimidar y tampoco voy a suplicar.

–¿Ah, no? –el tono de Luciano era suave como la seda mientras se acercaba como un amenazante predador.

Y debería haber dado un paso atrás; sabía que eso era lo que debía hacer, pero una corriente de inexplicable excitación la hacía temblar de arriba abajo.

–No, no lo haré –confirmó con voz temblorosa.

–Pero la idea de tenerte a mis pies es muy excitante, *piccola mia* –dijo Luciano con voz ronca, los ojos dorados de depredador clavados en su rostro–. Imaginarte dándome placer en esa postura me hace sentir...

Al principio Jemima no podía creer lo que estaba diciendo y se dijo a sí misma que debía estar equivocada. Pero no, no lo estaba. Una oleada de vergüenza e incertidumbre hizo que se sonrojase y parpadeó rápidamente, intentando rescatar de su cerebro las eróticas imágenes que él había creado con sus palabras.

Eso no era algo que le hubiera pasado antes con un

hombre. No se imaginaba haciendo esas cosas, pero tal vez si lo hubiera hecho, le dijo una vocecita, Steven no se habría quedado tan encandilado por su hermana melliza.

Algo en Luciano Vitale la afectaba a un nivel primitivo, básico, y eso no le había pasado nunca.

—¿De verdad acabas de decir lo que creo que has dicho? —murmuró, nerviosa.

# Capítulo 4

UNA ronca risotada escapó de la garganta de Luciano.

–¿Es así como hechizas a los hombres? ¿Pestañeando y ruborizándote a voluntad, actuando como una ingenua? Vamos al grano y ahorremos tiempo. No quiero una imagen ingenua, tímida o falsamente virginal, Jemima. Me gustan las mujeres que no temen decir lo que piensan porque yo soy un hombre que no teme admitir cuándo le apetece acostarse con una mujer.

Jemima no sabía dónde mirar o qué decir. No podía decirle que no era una falsa virgen y tampoco podía admitir ser ingenua o tímida cuando Julie no lo había sido. Su hermana recibía las invitaciones sexuales sin el menor rubor y disfrutaba de la admiración masculina sin recato. Por un momento, anheló tener la personalidad de su difunta hermana, que sabía y disfrutaba atrayendo a los hombres.

¿Luciano había dicho que quería acostarse con ella? Involuntariamente levantó la mirada y sintió un ardiente escalofrío entre las piernas cuando se encontró con los brillantes ojos dorados. Sentía el empuje de su fuerza magnética, el impulso de su poderosa sexualidad.

–Y tampoco me da miedo actuar –siguió Luciano.

Su instinto predador espoleado por esa parodia de inocencia, alargó una mano hacia ella, decidido a quitarle la máscara, tan absurda en esas circunstancias. Él conocía su verdadero carácter.

Jemima consiguió moverse, pero era demasiado tarde. Luciano había conseguido robarle la serenidad y romper su compostura con ese comentario tan descarnado. La había sorprendido de verdad, pero también la había excitado porque, por alguna razón que no quería examinar, era un halago que un hombre tan impresionante como Luciano Vitale la encontrase atractiva.

Mientras hablaba, él la empujó suavemente contra la puerta, poniendo una mano sobre su hombro y la otra en la curva de su barbilla.

—Me gusta la caza, *piccola mia*. Pero no es el momento de salir corriendo.

Atrapada por su mirada, sus pulmones se hinchaban buscando oxígeno. Luciano Vitale la deseaba. ¿A ella? Pensar eso la asustaba porque era un hombre increíblemente atractivo. Desde el maravilloso pelo negro a los asombrosos ojos y esa estructura ósea perfecta, la tenía hipnotizada.

—Tus pupilas están dilatadas... —susurró Luciano, colocando un mechón de pelo dorado detrás de su oreja mientras inclinaba la cabeza hacia su boca.

—¿Ah, sí?

Se sentía abrumada por su estatura, por lo fuerte que era, por el empuje de su cuerpo, que aplastaba sus caderas contra la sólida puerta de madera. El aroma de su colonia masculina asaltaba sus sentidos, provocando una oleada de calor en su pelvis.

–Te doy miedo, ¿verdad? –la risa de Luciano la sorprendió–. No quiero asustarte... ya no.

El aliento masculino rozaba su mejilla y Jemima empezó a temblar al sentir la presión de sus largos y poderosos muslos, y la dura evidencia de su excitación, contra su estómago. Todo su cuerpo parecía haberse calentado en el punto de contacto. Estaba excitado y ella era la responsable. Ella, Jemima Barber, sin cosméticos, brujería o ropa sexy. ¿Quién lo hubiera imaginado? Se sentía como una mujer de verdad por primera vez desde la traición de Steven. No entendía qué atractivo podía tener para Luciano Vitale, pero en ese momento de emoción no le importaba.

Cuando él inclinó la cabeza un poco más y rozó sus labios fue como si lo hubiera esperado durante toda su vida.

Enredó los largos dedos en su pelo para sujetarla y, cuando Jemima abrió la boca, él se aprovechó con un gesto dominante que la excitó más que asustarla. Su lengua se perdió en el interior de su boca para enredarse con la suya, y Jemima le devolvió el beso con un deseo que no podía contener.

Experimentaba sensaciones nuevas, emociones intensas que ahogaban cualquier objeción. Cada centímetro de su cuerpo parecía de repente sensibilizado y las firmes caricias masculinas hacían que sus pezones se distendieran, el roce de sus dedos en los muslos mientras levantaba su falda provocando un incendio de impaciencia y anhelo. El apasionado beso la tenía totalmente hechizada, sus sentidos excitados como nunca. Y el latido entre sus muslos era casi insoportable.

Cuando pasó un dedo sobre el triángulo de tela entre sus piernas se le doblaron las rodillas.

–Estás húmeda –murmuró con voz ronca.

Jemima no podía respirar. Nunca en toda su vida había deseado tanto que la acariciasen de ese modo y le avergonzaba ese deseo... hasta que su hambrienta boca encontró la suya de nuevo y dejó de pensar. Un beso y volvió a perder la cabeza.

Luciano introdujo sus expertos dedos bajo las bragas y atizó el fuego deslizándolos por la húmeda abertura hasta acariciar el diminuto capullo que controlaba todo su ser en ese momento.

Temblando, un estrangulado gemido escapó de su garganta cuando frotó sabiamente tan sensible zona y, de repente, perdió el control. Empujaba hacia delante sin poder evitarlo hasta que un repentino y explosivo orgasmo hizo que se le doblasen las piernas. Y habría caído al suelo si Luciano no la hubiera sujetado por la cintura para dejarla sobre un sillón.

Temblando, bajó la arrugada falda de un tirón. Su corazón seguía latiendo alocado por la sorpresa. No podía creer lo que acababa de pasar. No podía creer que le hubiera dejado hacerle eso... tan íntimo, tan inapropiado, tan carnal.

–Estás preparada –susurró Luciano, mirándola con esos ardientes ojos dorados–. Eres una mujer apasionada.

Pero Jemima nunca había sido una mujer apasionada. Steven le había dicho que la pasión era para las golfas y ella siempre había intentado esconder la suya porque eso parecía ser lo que su exnovio esperaba. Cuando empezó su aventura con Julie le había roto el corazón ver el cambio en su actitud. Steven había encontrado en su hermana la pasión que no deseaba con ella.

Luciano, sin embargo, quería su pasión, la buscaba, pensó en medio de la confusión, obligándose a mirarlo. Sentía que le ardía la cara al pensar que se había portado como una mujer extraña, lujuriosa, por primera vez en su vida.

–No quiero... hablar de ello –consiguió decir.

–Muy bien, no hablaremos. Yo prefiero «hacer» en lugar de «hablar» –murmuró Luciano, preguntándose por qué seguía actuando de esa forma tan extraña.

Tocarla había sido un error, pero debía reconocer que quería más. Si lo hubiese animado, aunque solo fuese un poco, la habría llevado a la cama para saciar su deseo. No quería esperar. No estaba acostumbrado a esperar, pero Jemima era la madre de su hijo y no sería sensato complicar la situación antes de haber llegado a la seguridad de su casa en Sicilia, Castello del Drogo.

–No debería haber ocurrido –murmuró Jemima, incorporándose del asiento para tomar su bolso–. No sé cómo ha podido pasar.

–Muy sencillo. Yo te deseaba y tú me deseabas a mí.

–He olvidado por un momento quién soy y con quién estaba –lo corrigió ella, intentando evitar su mirada–. He perdido el control.

–A mí me ha gustado.

Luciano no podía entender por qué se apartaba. Sabiendo quién era, debería haber aprovechado la ocasión para intentar complacerlo. Y él estaba de humor para ser complacido.

–Estabas hablando de Sicilia y... de pagar deudas –le recordó ella, muy seria.

–Ah, claro, los negocios primero –Luciano entendió el cambio de tema–. Yo me encargaré de todo, pero antes tendrás que firmar un contrato de confidencialidad. No podrás hablar con nadie, y eso incluye a los medios de comunicación, sobre el acuerdo de gestación subrogada, sobre mí o sobre mi hijo –le informó con frialdad.

–Me parece bien. Voy a ver si Nicky se ha despertado, pronto tendremos que irnos –Jemima no podía disimular su deseo de apartarse mientras miraba el reloj.

Cuando salió de la habitación, Luciano se quedó mirando la puerta con una ceja enarcada. ¿Estaba jugando con él? ¿Cuál era el juego, dar un poco y luego apartarse? Algunos hombres la desearían más después de ese «ya veremos», pero él no tenía duda de que tarde o temprano compartiría su cama y su actitud esquiva lo enfadó. Pero se excitó aún más al imaginarse enterrándose entre esos suaves muslos hasta que hubiera obtenido el placer que buscaba.

Una noche sería más que suficiente, decidió con una sonrisa oscura. La quería en su cama y la quería de todas la formas posibles. Así la olvidaría de una vez y quizá entonces entendería qué era lo que tanto lo atraía de ella.

Al menos no habría complicaciones con Jemima, pensó mientras llamaba a su ama de llaves para darle instrucciones. Daba igual que estuviese engañándolo. Él la conocía y la recompensaría de manera apropiada por compartir placer físico sin emoción ni ataduras. Y ella se marcharía contenta.

–Soy amigo de Jemima y su familia desde hace tiempo –anunció Steven Warrington mientras entraba en el despacho de Luciano–. Y, con todos mis respetos, me gustaría saber por qué le parece necesario que le acompañe a Sicilia.

Luciano miró al hombre rubio con gesto irónico.

–Aunque eso es asunto mío, señor Warrington, le diré que mi hijo está muy encariñado con Jemima y quiero minimizar la tristeza de la inevitable separación antes de rehacer nuestras vidas.

–Llevársela con usted a Sicilia me parece una extraña manera de rehacer su vida –opinó Steven sin dejar de sonreír–. Yo preferiría que se llevase al niño, así ella podría seguir adelante sin esa carga.

–Pero su opinión no cuenta –replicó Luciano.

–Pronto contará porque pienso casarme con ella.

Luciano estuvo a punto de soltar una carcajada al pensar en Jemima, y su preferencia por el estilo de vida lujoso, atada por cualquier tipo de alianza a un hombre tan conservador, pero sus oscuras facciones siguieron impasibles.

–Enhorabuena.

La información que había pedido sobre Steven Warrington por fin apareció en la pantalla de su ordenador cuando el joven salió de su despacho. Si tuviese algo de paciencia habría pedido la información antes de aceptar su visita, pero la curiosidad lo había empujado a olvidar su habitual precaución. De modo que Steven Warrington era un ex en la, sin duda, larga, muy larga lista de exnovios en el pasado de Jemima.

¿Los dejaba a todos queriendo más, soñando con ella, incluso queriendo casarse con ella como Steve Warrington? Aunque no a aquellos cuyas carteras había robado, pensó, preguntándose por qué ese aspecto de su carácter no lo molestaba. Era una ladrona. ¿Por qué quería acostarse con ella? Nunca había querido acostarse con una mujer engañosa. Habiendo crecido a la sombra de un delincuente no le atraía nada el lado oscuro. Al contrario que su difunto padre, él era templado y circunspecto.

Tal vez sus hábitos habían sido demasiado austeros durante mucho tiempo, razonó, frustrado porque seguía intentando entender el atractivo de Jemima Barber. Aun así, la deseaba y la tendría, sencillamente porque había muy pocas cosas en la vida que le dieran genuino placer.

La ingenuidad de Steven Warrington lo divertía. Jemima no tenía planes de casarse con él, estaba seguro, pero eso no erradicaba una casi abrumadora tentación de romperle los dientes de un puñetazo. Por supuesto se había contenido, sorprendido por ese violento ataque de ira. Claro que lo había sentido antes por culpa de los genes cargados de violencia y corrupción de sus antepasados, pero nunca en su vida había sentido eso por culpa de una mujer y lo inquietaba.

Una noche. La tendría en su cama una noche nada más, se aseguró a sí mismo.

En cualquier caso, no corría ningún riesgo con Jemima porque él no formaba lazos sentimentales con nadie. Su hijo sería la única excepción a esa regla. Querer y cuidar de su hijo era algo puro, genuino.

—Creo que es la mejor solución para todos —anunció Ellie valientemente mientras Jemima intentaba consolar a su llorosa madre y a su preocupado padre, los cuatro sentados frente a la mesa de la cocina.

Jemima se avergonzaba de esconderles tantas cosas a sus padres adoptivos, pero no se atrevía a contarles toda la verdad porque habrían quedado horrorizados si supieran que estaba fingiendo ser su difunta hermana y la madre de Nicky. Ningún argumento podría convencerlos de que tal deshonestidad estuviese justificada. Además, sus padres ya tenían suficientes problemas.

La pareja había vuelto de Devon esa mañana para descubrir que su hija se iría con Nicky a Sicilia al día siguiente; y que después Jemima volvería a casa sola. Desgraciadamente, sus padres se habían encariñado tanto con el niño como si fuera su nieto. También ellos habían sido parte de su vida casi desde su nacimiento.

–Nicky es su hijo y el pobre hombre ha estado buscándolo todos estos meses –señaló Ellie, intentando apoyar a su amiga ante la inevitable entrega del niño a su progenitor.

–Creo que será un buen padre –dijo Jemima–. Solo me ha pedido que vaya a con él porque sabe que Nicky está muy encariñado conmigo y no quiere que sufra si desaparezco de su vida de repente.

–El señor Vitale está siendo responsable –tuvo que admitir su padre–. Aunque yo no puedo perdonar el acuerdo al que llegó con Julie. Además, ella era la peor candidata posible...

–Sí, pero no olvides que no fue a Julie a quien eligió. Él pensaba que estaba eligiendo a Jemima –Ellie se apresuró a recordarle que Julie había firmado el acuerdo usando el nombre y la identidad de su hermana.

–Sí, es verdad. Y Jemima ha hecho todo lo que ha podido por el pobre pequeño. Supongo que tendremos que

esperar que nuestra hija nos dé un nieto algún día, querida
–le dijo a su mujer.

Jemima palideció ante tanta aprobación. Sabía cuánto
se disgustarían sus padres si supieran del engaño que
había empleado para lidiar con Luciano.

Esa misma mañana, Charles Bennett fue a visitarla
con un colega. Le leyó el acuerdo de confidencialidad y
le explicó cada cláusula detalladamente mientras su
acompañante le informaba de que estaba allí para proteger sus intereses. Señaló que podría ganar mucho dinero
vendiendo su historia a la prensa, pero que si decidía
cumplir las órdenes de Luciano sería recompensada con
una indemnización una vez que hubiese dejado de trabajar para él. Jemima firmó el documento y suspiró, aliviada, cuando los abogados se fueron.

Más tarde ese mismo día, Ellie sonreía mientras Jemima posaba obedientemente frente a una modista de
mediana edad que había acudido a su casa a petición de
Luciano para tomarle medidas.

–¿Así que tendrás que llevar uniforme? –se burló su
amiga cuando la mujer se despidió.

Jemima hizo una mueca.

–Eso parece –respondió con tristeza. No le hacía
gracia tener que llevar un uniforme almidonado bajo el
sol de Sicilia.

–No quiere que olvides que trabajas para él y no
eres una invitada. En fin, podría ser un poco incómodo
siendo la madre de Nicky –su amiga torció el gesto–.
¿Cuándo piensas decirle que eres la hermana de Julie?

–Seguramente lo haré cuando esté a punto de irme
de Sicilia. A finales de agosto porque mis clases empie-
zan en septiembre –respondió Jemima–. Sería un riesgo

admitir mi verdadera identidad antes porque Luciano podría pedirme que me fuera, pero imagino que a finales de agosto ya le dará igual.

–Deja de censurarte a ti misma. No le estás haciendo daño a nadie.

–No es tan sencillo. Cada vez que veo a Luciano sé que estoy mintiéndole y me siento fatal.

Jemima desearía poder confiarle a Ellie lo complicada que se había vuelto su relación con el padre de Nicky últimamente, pero le daba vergüenza admitir que, de repente y de forma inexplicable, esa relación estaba cargada de una intimidad de la que ella siempre se había apartado.

Solo habían pasado tres días desde que fueron a Londres y era incapaz de aceptar que había besado y se había dejado tocar por Luciano hasta el punto de olvidar no solo las cosas que sus padres le habían enseñado sino su situación y la de Nicky.

Estaba actuando como si fuera Julie y, aunque estaba convencida de que su difunta hermana también hubiera sucumbido al interés del guapísimo millonario, sabía que esa no era excusa para su comportamiento.

En realidad, había perdido el control, dejándose llevar por una montaña rusa de sensaciones que eran nuevas para ella. Estaba actuando como una adolescente atontada más que como una adulta, viviendo el momento y disfrutando sin pensar que tendría que volver a ver a Luciano y trabajar para él.

–Estás mintiendo solo por Nicky –le dijo Ellie, con su habitual lealtad–. Y yendo a Sicilia con el niño harás que el cambio sea más fácil para él.

Jemima miró a su amiga con expresión acongojada.

—¿Entonces crees que hago bien?

—Siempre he pensado que la mejor solución para Nicky era estar con el padre que quiso traerlo al mundo. Es un niño encantador, pero no es tu hijo, cielo. Odio estar de acuerdo con Steven sobre nada, pero quiero que recuperes tu vida —le dijo su amiga con gesto triste—. Sé joven, libre y sin cargas otra vez. Te lo mereces. Nicky fue el error de Julie.

Jemima apretó los labios, disgustada. No podía pensar en el dulce niño como un error y estar soltera y libre de cargas no había sido para ella una experiencia tan divertida como esperaba. Nicky era parte de su vida y lo adoraba. No había llevado al niño en su vientre durante el embarazo, pero era tan parte de ella como si así fuera. Sabía que separarse de él le dolería mucho, pero si de verdad era lo mejor para el niño tendría que acostumbrarse a la idea.

A la mañana siguiente fue a buscarlos una limusina, acompañada por un coche lleno de guardaespaldas. Hicieron el viaje al aeropuerto a velocidad supersónica y subir al jet privado que los esperaba fue una experiencia rápida y cómoda.

Jemima se sorprendió al no ver a Luciano y al saber que Nicky y ella serían los únicos pasajeros, aparte de la tripulación y los miembros del equipo de seguridad, que se sentaron en la parte de atrás. Las azafatas se mostraron encantadoras y atentas tanto con el niño como con ella.

El jet hizo escala en París, donde Luciano había tenido una reunión, y cuando subió a bordo lo primero

que vio fue a Nicky dormido en su asiento, con Jemima
a su lado. Llevaba el pelo sujeto en una trenza cuando
a él le gustaría verlo suelto otra vez... aunque sabía que
esa melena era falsa.

Luciano miró los gastados vaqueros y el top informal
con el ceño fruncido en un gesto de incomprensión.
¿Por qué no se había esforzado en arreglarse para él ni
una sola vez? Ninguna mujer había estado tan segura
de su atractivo como para aparecer vestida casi como
una indigente. ¿O sería algo deliberado? ¿Vestía así
para asegurarse un nuevo y caro guardarropa?

Jemima despertó lentamente, descansada al fin después de una noche en vela en casa de sus padres. Luciano estaba sentado a su lado, trabajando con su tablet.
Medio adormilada, estudió su perfecto perfil, pensando
que ningún hombre debería tener unas pestañas tan largas, o esa nariz recta, o ese mentón cuadrado que no
hubiera despreciado un dios griego.

Cuando él giró su hermosa cabeza y se encontró con
los lustrosos ojos, tan dorados como miel derretida,
sintió mariposas en el estómago... y algo más. Un escalofrío de deseo, una respuesta tan poco inocente que la
hizo tragar saliva de vergüenza.

–Aterrizaremos en treinta minutos.

–Muy bien... voy a lavarme las manos –murmuró
Jemima, levantándose del asiento.

Luciano se quedó pensativo. El rubor de sus mejillas
destacaba el color azul hielo de sus inusuales ojos y sus
labios, esos labios que ya había probado...

Su cuerpo reaccionó como si fuera un hombre hambriento frente a un banquete; la urgencia y el deseo combinándose en una tormenta incontenible. Furioso consigo mismo, apretó los dientes y apartó la mirada intentando calmarse.

Él no perdía el control. Nunca había perdido el control. Salir vivo de los ataques de ira de su padre había sido un reto para todos los que lo rodeaban. Luciano no temía una erupción violenta porque estaba absolutamente convencido de que la ira y la pasión desmedida alteraban el proceso mental de una persona y hacía que cometiese graves errores.

La tendría en su cama esa noche, obtendría lo que quería, lo que necesitaba de ella, y esa locura temporal se quedaría entre las sábanas. Pero lo asombraba que el deseo sexual pudiese tener tanto poder sobre él.

Jemima se concentró en dar el biberón y cambiar a Nicky mientras se negaba obstinadamente a mirar a Luciano. Era un hombre guapísimo y él tenía que saberlo. Al fin y al cabo, se miraba todas las mañanas en el espejo mientras se afeitaba. Pero esa no era excusa para ponerse colorada y actuar como una adolescente incapaz de comportarse con normalidad delante de un hombre. No era excusa en absoluto, se recordó a sí misma mientras admiraba los brillantes rizos negros de su sobrino y contenía el deseo de hacer una comparación visual.

Estar cerca de Luciano durante todo el verano era algo aterrador. Nunca podría actuar de forma amable e indiferente en compañía de un hombre tan enérgico y apasionado. Encendía un fuego en su interior contra el que debería luchar con uñas y dientes. Estaba mintiéndole y eso significaba que no existía ninguna posibilidad de que hubiera una relación normal entre ellos.

Mantener las distancias y resistirse a la tentación era lo que tenía que hacer. Lo sabía, pero saberlo y hacerlo eran dos cosas bien diferentes, como ya había descubierto. Desgraciadamente para ella, la atracción que sentía por Luciano la descolocaba en todos los sentidos.

# Capítulo 5

EL TELÉFONO de Luciano empezó a sonar en cuanto aterrizaron, con un aluvión de mensajes y llamadas perdidas, todas de su abogado británico, Charles Bennett. Preguntándose qué podría haber empujado al relajado Charles a tan poco característica urgencia, Luciano le devolvió la llamada en cuanto entraron en la terminal.

–Tengo una mala noticia para usted. Nos han engañado –anunció Charles con tono dramático–. Jemima Barber no es la madre de su hijo.

Luciano hizo un gesto impaciente a sus guardaespaldas para que guardasen silencio.

–Eso no es posible.

–Aún no tengo todos los detalles y no voy a malgastar su tiempo con especulaciones, pero creo que la madre era su hermana melliza, que murió atropellada hace un par de meses –le explicó el abogado.

Luciano frunció el ceño.

–Y eso significaría...

–Que Jemima es la tía del niño y una estafadora –respondió Charles–. Tengo a dos investigadores estudiando el caso y espero contar con todos los datos esta noche como muy tarde.

–¿Está seguro de lo que dice? –preguntó Luciano

mientras veía a Jemima intentando soltar de su trenza los deditos del niño.

¿No era la madre de Niccolò? ¿Cómo era posible? Su cerebro, acostumbrado a adaptarse a nuevas situaciones, por alguna razón tenía dificultades para entender ese cambio de circunstancias.

–Créame, no es la mujer que alumbró al niño. Tengo aquí el nombre de esa mujer, junto con una copia de su certificado de defunción. Se llamaba Julie Marshall, pero el asunto es complicado porque desde el principio el niño usó el nombre de su hermana, Jemima Barber.

–¿Pero por qué? ¿Cree que fue una conspiración desde el principio?

–No lo sé. Y habiendo muerto una de ellas, tampoco sé si algún día sabremos toda la verdad –respondió Charles cínicamente.

La ira empezó a nublar sus pensamientos. La madre de su hijo lo había engañado desde el primer día y estaba muerta, de modo que era intocable. Él era el único progenitor de Niccolò y se negaba a creer que una tía pudiese reclamar algún derecho.

Jemima no le había contado la verdad... claro, porque la única forma de conseguir dinero a través del niño era fingiendo ser su madre.

Mientras subían a la limusina que los esperaba en la puerta de la terminal, Luciano vio a su hijo quejándose amargamente cuando Jemima lo colocó en la silla de seguridad. Por fin había vuelto a ser padre y ya estaba fracasando, pensó. Había fracasado al no protegerlo de una madre desnaturalizada.

Niccolò había formado un lazo con su engañosa tía y sufriría cuando esa mujer desapareciese de su vida.

¿A quién debía culpar por ello? A Jemima Barber. Debería haber sabido desde el principio que su única arma sería el cariño que el niño sentía por ella.

Niccolò solo era un bebé, pero había sido engañado para entregar su afecto a quien no debería.

Luciano, furioso como nunca, apretó los dientes mientras fingía estar leyendo sus correos en la tablet.

Era una mentirosa, una prostituta con el corazón de hielo. Y, como su difunta hermana, lo único que le importaba era el dinero. No había otra explicación para su comportamiento. Podría haber admitido la verdad en cualquier momento, pero había preferido mentir y engañarlo para tener algún poder y conseguir el mayor beneficio posible. Sin saberlo, Luciano había aceptado pagar sus deudas, o las deudas de su hermana, y había cometido el error de ofrecerle un viaje a Sicilia con todos los gastos pagados.

Y tendría más razones para celebrarlo cuando viese lo que la esperaba en el castillo...

Por supuesto, ya no quería llevarla allí, se dijo a sí mismo. No quería saber nada de ella. ¿Cuándo fue la última vez que lo engañó una mujer? Tuvo que disimular un escalofrío al recordarlo. ¿Qué decía de él que las mujeres que más lo atraían fuesen personas inmorales y sin escrúpulos? ¿Sería algo heredado de sus antepasados? ¿Había algo oscuro en su sangre que sibilinamente influía en sus decisiones?

Aunque Jemima intentaba no mirar a Luciano, estaba convencida de que había ocurrido algo. Había visto que se ponía rígido mientras hablaba por teléfono en el aeropuerto. ¿Habría recibido alguna mala noticia? ¿Algún problema en sus negocios o algo de naturaleza más personal? En realidad no sabía nada sobre Luciano Vitale salvo que era viudo y había perdido a su mujer y a su hija en un accidente de helicóptero.

Fuera lo que fuera, el mentón de Luciano parecía una roca a punto de romperse y apenas había reconocido su existencia o la de su hijo desde que llegaron a Sicilia.

Irónicamente, Nicky, que se ponía a llorar cada vez que él intentaba acercarse, de repente alargó una manita hacia su padre. Aunque, por el interés que este mostraba podría estar en otro planeta. Aun así, había tantos parecidos entre padre e hijo. Ninguno de los dos podía soportar ser ignorado... y seguramente era por eso por lo que Nicky buscaba su atención.

La limusina se detuvo y Jemima miró por la ventanilla, sorprendida al ver varias avionetas y un helicóptero.

–¿Dónde estamos?

–En un aeródromo privado. Uso un helicóptero para llegar a mi casa –respondió Luciano sin mirarla.

Jemima intentó disimular su sorpresa. Nunca había viajado en helicóptero y, sin embargo, para él era algo normal. Nada podría ilustrar mejor las diferencias entre esos dos mundos.

Dispuesta a disfrutar de esa nueva y emocionante experiencia miró por la ventanilla mientras el aparato se elevaba en el cielo, pero arrugó el ceño, sorprendida, cuando empezaron a volar directamente sobre el agua.

¿Qué estaba haciendo el piloto? Había pensado que la casa de Luciano estaría o en una ciudad o en el montañoso interior, pero a medida que pasaban los minutos quedó claro que su destino no podía ser otro que una isla.

Frente a ella había un brillante mosaico de colinas cubiertas de árboles y un enorme edificio de color marrón frente a una larga playa. El edificio, con torres y multitud de ventanales, parecía un castillo y cuando el helicóptero empezó a descender sobre un enorme jardín rodeado por altos muros de piedra se dio cuenta de que era un castillo de verdad.

–¿Cómo se llama este sitio? –inquirió mientras intentaba tomar al niño en brazos.

–Castello del Drogo. La isla se llama así. Yo me quedaré con él –Luciano se colocó al niño sobre el hombro en un gesto claramente protector, sus ojos tan oscuros y fríos como el cielo nocturno.

Negándose a dejarse amedrentar por su frialdad, Jemima sonrió.

–¿Cuánto tiempo llevas viviendo aquí?

–Un par de años. Es un sitio al que los intrusos solo pueden llegar por el cielo o por mar y ambos están vigilados. Puede caminar por la playa sin temor a que un paparazzi aparezca entre los arbustos.

Un coche los esperaba para llevarlos hasta las puertas del castillo. Jemima sonreía, olvidando sus preocupaciones por un momento mientras disfrutaba del cálido atardecer y de los preciosos jardines que rodeaban el edificio. Sería interesante alojarse en un castillo, pensó, estudiando la imponente fortaleza.

–¿Cuántos siglos tiene?

–La sección más antigua es medieval, la más moderna del siglo XVIII.

Subieron por unos anchos escalones de piedra hasta el gigantesco pórtico de entrada donde dos mujeres esperaban su llegada. Las dos iban vestidas de negro, una casi en edad de jubilación, la otra alrededor de los cuarenta años.

El vestíbulo, de forma ovalada, era imponente, con suelo de mármol y muebles de caoba con incrustaciones de madreperla. Jemima se quedó en silencio ante el esplendor del castillo, especialmente si lo comparaba con la humilde casita de sus padres. ¿Cómo podía negarle a Nicky un estilo de vida tan lujoso?

–¿La isla es tuya? –susurró, incapaz de contener su curiosidad.

–Sí –admitió él con tranquilidad.

Su tono implicaba que no era tan importante poseer una isla, pero en la mente de Jemima las diferencias entre ellos se hicieron aún más grandes.

Le presentó a la mujer mayor como su ama de llaves, Agnese, y a la más joven como su hija y nueva niñera de Nicky, Carlotta.

Jemima tuvo que hacer un esfuerzo para entregarle al niño, que empezó a llorar de inmediato. Mientras Carlotta subía por la escalera podía oírla hablando en voz baja, intentando calmarlo. Pero no sabía si sería capaz de hacerlo.

–Agnese te llevará a tu habitación –anunció Luciano.

El rostro arrugado de Agnese era tan frío como el de una escultura de hielo. Intentando convencerse a sí misma de que eso era mejor que una mala mirada, Jemima la siguió por la enorme escalera hasta un pasillo con paredes de piedra, y cuando abrió una puerta doble se encontró en la habitación más asombrosa que había visto en toda su vida. Los altos ventanales dejaban entrar el sol, iluminando una suntuosa cama con dosel.

Los muebles eran preciosos, las cortinas suntuosas y los almohadones estaban revestidos con opulentas telas. Y, sobre una mesa, había un enorme ramo de flores.

No podía creer que aquella habitación palaciega fuese para ella. Una criada uniformada apareció entonces y se quedó a su lado, como esperando para acompañarla a algún sitio. El ama de llaves le indicó con un gesto que fuese con ella y Jemima siguió a la joven hasta un enorme vestidor.

Y fue entonces cuando empezó el espectáculo. La joven empezó a abrir puertas y señalar perchas de las que colgaban preciosos vestidos, estanterías de zapatos, cajones llenos de ropa interior de seda y un tocador abarrotado de cosméticos bajo un espejo rodeado de lucecitas.

Mientras intentaba entender qué tenía que ver todo aquello con ella, la joven criada le pasó un sobrecito y Jemima sacó la tarjeta que había en su interior.

*Con mis saludos. Luciano.*

Jemima parpadeó mientras volvía a leerla, apretando la tarjeta con dedos nerviosos al pensar que era por eso por lo que le habían tomado medidas en Londres, no para el uniforme de niñera como había pensado.

Luciano le había comprado un vestuario completo y cuando se acercó para mirar las prendas más de cerca comprobó que todo tenía etiquetas de famosos diseñadores cuyos nombres incluso ella que no seguía la moda había oído alguna vez. Estaba tan sorprendida que cuando la criada y el ama de llaves salieron de la habitación se dejó caer sobre un sillón para mirarse en el espejo.

Su rostro tenía un aspecto diferente bajo esas luces,

extrañamente desnudo y sorprendido, como si no fuese ella misma. Acalorada de repente, se quitó los vaqueros y abrió la maleta para sacar una falda de algodón.

En lo único en que podía pensar era en el contenido de ese vestidor. ¿Qué había hecho para dar la impresión de que agradecería un gesto tan extravagante? Su estómago dio un vuelco y cerró los ojos, sintiendo que le ardían las mejillas. Ah, sí, sabía lo que había hecho. No había dicho que no cuando debería. Tampoco había dicho que sí, pensó luego. Sencillamente, había dejado que Luciano hiciese lo que quería.

Y eso había sido suficiente para animarlo a gastar miles y miles de libras en vestirla como a una reina. Asustada, se llevó las manos heladas a las mejillas y dejó escapar un suspiro. Dios santo, ¿qué iba a hacer?

Supuestamente era Julie y ella se habría mostrado encantada. Su hermana adoraba la ropa y todo lo que llevaba tenía un logo. Jemima entró de nuevo en el vestidor y suspiró pesadamente mientras rozaba con la mano un delicado conjunto de ropa interior de encaje. Todo estaba hecho a su medida, ¿pero cómo iba a ponérselo? ¿Cómo podía ponerse esa ropa y darle las gracias como si fuera algo normal?

«Ni prestes ni tomes prestado».

La habían educado para que desconfiase de los regalos inesperados y sabía que aceptar ese carísimo guardarropa cuando no había hecho nada para merecerlo era contrario a sus principios.

Tuvo que tragarse un gemido mientras miraba los zapatos. Si tenía alguna debilidad era precisamente los zapatos y casi le temblaban las manos mientras tocaba unos de piel verde con adornos de piedrecitas brillantes que parecían llamarla. Sin poder contenerse, se descalzó y metió los pies en los tentadores escarpines. Sí, sería una forma de darle las gracias y no mostrarse desagradecida. Aceptaría esos zapatos como regalo, pero nada más.

Habiéndose animado con tal argumento, bajó al primer piso con ese calzado tan poco apropiado.

El ama de llaves la esperaba con gesto serio en el vestíbulo.

—Estoy buscando a Luciano —anunció Jemima con una sonrisa.

Agnese miró los frívolos zapatos con evidente censura.

—*Il Capo* está en la biblioteca.

*Il Capo* significaba «el jefe». Jemima había visto *El Padrino* suficientes veces como para saber eso. Mientras caminaba con cuidado, pero un poco inestable sobre los altos tacones, en la dirección que le había indicado, se preguntó si el nuevo vestuario le habría dado a Agnese una idea equivocada sobre la naturaleza de su relación con Luciano... y luego se regañó a sí misma por hacerse esa pregunta ya que tenía cosas más importantes de las que ocuparse.

Luciano había tomado cuatro vasos de whisky, uno detrás de otro, mientras esperaba la llamada de Charles. Era muy raro en él beber en exceso, pero la impaciencia por conocer los detalles del engaño se lo comía vivo. Estaba deseando hablar con Jemima, pero no lo haría hasta que lo supiera todo sobre ella. Estaba tan furioso, tan sorprendido por el extraño conflicto que se libraba en su interior. Se sentía desconcertado y eso añadía otra capa de hostilidad y frustración a su estado de ánimo.

Frunciendo el ceño al escuchar un golpecito en la puerta de la biblioteca, cruzó la habitación para abrirla y descubrir quién se atrevía a molestarlo cuando necesitaba un poco de paz. Y, al ver la brillante sonrisa de Jemima, se encontró dando un paso atrás porque le sorprendió esa cara de felicidad.

Claro que ella no sabía lo que sabía él.

Por supuesto que estaba contenta, pensó, airado. ¿Cómo no iba a estarlo cuando la había instalado en un dormitorio al lado del suyo y le había regalado una pequeña fortuna en ropa de diseño? Era una buscavidas y estaba satisfecha con su recompensa. Además, Carlotta evitaría que tuviese que estar constantemente pendiente del niño y quizá también eso la hacía feliz porque así tendría más libertad.

–Luciano... –Jemima lo miró un momento y después se fijó en las estanterías con gesto de admiración–. Qué maravilla de biblioteca. Qué suerte tener tantos libros.

–¿Hay alguna razón especial para esta visita? –le preguntó él con tono seco, su mirada clavada en el respingón trasero destacado por la sencilla falda de algodón.

Entonces se fijó en los zapatos de altísimo tacón que llevaba. Por alguna razón desconocida se había puesto unos zapatos de fiesta, pero apenas podía caminar sobre los altos tacones y tuvo que agarrarse al borde del escritorio para no perder el equilibrio.

Jemima se volvió para mirar a Luciano y, de repente, cualquier pensamiento racional desapareció de su cerebro. Ningún hombre tenía derecho a ser tan guapísimo. Un rostro así no podía animar el pensamiento racional en una mujer. Pero parecía tenso y enfadado, la línea del mentón dura como una piedra.

Sí, había pasado algo, estaba segura. Y, como le ocurría cuando Nicky estaba disgustado, le gustaría poder solucionarlo. Luciano provocaba en ella el mismo sentimiento protector; claro que ni por un momento pensaba que un abrazo o un biberón fuesen la cura mágica para solucionar sus problemas.

Sin embargo, no pudo resistirse a la tentación de preguntar:

—¿Puedo ayudarte en algo? ¿Qué te pasa?

—¿Por qué crees que me pasa algo? –replicó Luciano con tono seco, desconcertado por la pregunta.

—Porque es evidente que te pasa algo –respondió Jemima, deseando que no tuviera unos ojos tan bonitos, tan oscuros y lustrosos, rodeados por esas pestañas tan largas.

Incómodo, Luciano apretó los dientes.

—Estás enfadado –dijo Jemima entonces.

—No estoy enfadado.

—Bueno, entonces me meteré en mis asuntos –murmuró Jemima, la tensión como un relámpago en el ambiente.

—Tal vez sería lo mejor –dijo él, irónico.

Con el rostro ardiendo, se dirigió a los altos ventanales para admirar el jardín rodeado de setos y la antigua fuente cubierta de musgo.

—He bajado para hablar de la ropa que has comprado para mí –cuando levantó un pie para mostrarle el zapato estuvo a punto de perder el equilibrio y tuvo que agarrarse al respaldo de un sillón–. En fin... estos zapatos son preciosos, pero no puedo aceptar todo un vestuario.

—¿Por qué no? Y date la vuelta para hablar conmigo. Me gusta mirar a la gente a la cara.

A regañadientes, Jemima se dio la vuelta y de inmediato entendió por qué prefería hablar sin mirarlo. Tener su rostro tan cerca era una distracción y bajó los ojos para intentar bloquearlo.

–Agradezco mucho tu generosidad, pero no me parece bien aceptar regalos caros de cualquiera.

–¡Yo no soy cualquiera! –exclamó Luciano–. Y estoy seguro de que has aceptado regalos de otros hombres.

–Sí, bueno... pero eso no significa que esté bien. Que lo haya hecho antes no significa que tenga que seguir haciéndolo –se defendió Jemima–. Tal vez ya es hora de cambiar de actitud.

–Y tal vez haya dos lunas en el cielo – declaró él, irónico.

–Nicky me ha cambiado –insistió ella–. Ha hecho que entienda qué es lo importante en la vida.

–Unas horas después de su nacimiento ya habías decidido qué era lo importante para ti... más dinero –le recordó Luciano con crueldad.

Jemima levantó la barbilla.

–Eso no significa que no pueda haber cambiado de opinión. Y he cambiado. Estoy empezando una página nueva de mi vida.

Luciano soltó una carcajada.

–Supongo que bromeas.

–No, hablo en serio –Jemima pensó en las veces que su hermana había dicho que quería cambiar–. Todo el mundo tiene que empezar por algún sitio.

–¿Qué quieres decir?

–¿Por qué me regalarías toda esa ropa tan cara?

–Tú no eres tan ingenua.

–Ah, ya. Entonces es un regalo con ciertas expectativas. Pero como no estoy dispuesta a cumplir esas expectativas, no puedo aceptarlo.

–Claro que estás dispuesta a cumplir mis expectativas –Luciano la miraba con fanfarronería y una potente sexualidad que la hacía temblar. Sus pezones se levantaron bajo el sujetador y una oleada de calor incendió su pelvis con un latido de excitación.

–Solo estaré aquí durante unas semanas, por tu hijo. Por él, no por ti –le recordó Jemima. Luciano dijo una palabrota y ella torció el gesto–. Estoy intentando ser razonable y honesta para evitar malentendidos –protestó, frustrada.

Él dio un paso adelante, silencioso y grácil como un predador. ¿Qué sabía esa mujer de honestidad?

Estaba tan cerca que Jemima podría haberlo tocado. Su corazón latía acelerado, loco de aprensión, y apenas era capaz de respirar.

–No me gusta ese lenguaje.

–Y a mí no me gusta lo que dices. Me irrita mucho cuando la gente miente o dice tonterías –replicó Luciano, su acento italiano más marcado que nunca–. Intentas dar a entender que no me deseas y eso es mentira.

Ella abrió los ojos como platos.

–¿Tan seguro estás de tu atractivo?

Luciano levantó una mano de dedos largos y morenos para tomar su trenza y soltar la goma que la sujetaba.

–Quiero verte con el pelo suelto.

Una nueva página en su vida, pensaba incrédulo. ¿De verdad podía creer que lo impresionaría con tales tonterías? ¿Cómo podía mirarlo con esos luminosos ojos azules que parecían tan cándidos y seguir mintiéndole a la cara? No tenía vergüenza y era una mentirosa. Y él sabía bien lo astutas y dañinas que eran las mentirosas.

—Esto es... demasiado intenso —murmuró Jemima, insegura.

Luciano enterró los dedos en la melena rubia para tirar de ella.

—No deberías mentirme. Si supieras cuánto me enfada, no lo harías.

Jemima tragó saliva. Su aroma, una mezcla de colonia cara y olor a hombre, con un punto de alcohol, estaba asaltando sus sentidos.

—Volveré a casa en unas semanas —repitió con voz trémula—. Solo estoy aquí por Nicky.

—Mentirosa. Mi hijo no es el motivo más importante —replicó Luciano con tono seco, harto de las mentiras—. Has venido para estar conmigo.

—No quieres escucharme.

—¿Por qué iba a escuchar si estás mintiendo?

Jemima dejó escapar un suspiro. Esos ojos dorados hacían que se derritiese por dentro. Se le doblaban las rodillas cuando la miraba así y, de repente, Luciano la abrazó, sus posesivas manos apretando su columna y deslizándose hasta sus caderas. Se apoderó de su boca con ansia incontenible y, en un segundo, Jemima pasó de la consternación a la satisfacción. Ese beso era lo que realmente quería, lo que su cuerpo misteriosamente deseaba.

Mientras la besaba el mundo dejó de importar y su cerebro se liberó de los angustiosos pensamientos que habían estado atormentándola. Era a la vez lo que más deseaba y lo que más temía.

Ser lanzada del ordinario planeta Tierra a una asombrosa órbita de pasión solo con un beso era lo que siempre había soñado encontrar en los brazos de un hombre, pero Luciano no era de ningún modo el hombre que había imaginado en ese papel porque no sentía nada por ella. Podía ser inexperta, pero no era tonta y sabía que el sexo solo sería un juego para él y que jugaría con ella sin intención de ofrecerle nada que mereciese la pena. Una mujer debía tener el corazón muy duro para jugar a tales juegos y sabía que ella no estaba a la altura.

—Me deseas —repitió Luciano sobre sus hinchados labios, su aliento quemándola.

Jemima tembló violentamente apretada contra el enérgico cuerpo masculino. Le encantaba su fuerza, su potencia. Incluso a través de la ropa podía sentirlo ardiendo y dispuesto para ella... y el cosquilleo entre las piernas era como un nudo que anhelaba soltarse. El erótico empuje de su lengua la hacía desear ese mismo empuje en otra parte de su cuerpo... pero no podía ser. Ella sabía que no podía ser.

Haciendo un esfuerzo, lo empujó para apartarlo un poco.

—No, así no —murmuró con voz ronca, luchando tanto contra sí misma como contra la irresistible atracción que sentía.

Lo deseaba, en eso había acertado. Nunca había deseado a un hombre como deseaba a Luciano en ese momento. Apartarse de él, dar un paso atrás, le dolía físicamente.

Tardó unos segundos en quitarse los tontos zapatos que limitaban su movilidad y, descalza, se dirigió hacia la puerta como si la persiguiesen los perros del infierno.

Frunciendo las cejas, Luciano tomó los zapatos abandonados en el suelo y los miró con gesto de incredulidad. ¿Pensaba que era Cenicienta o algo parecido? Sorprendido, porque ninguna mujer lo había tratado así, se sirvió otra copa.

No lo entendía. De verdad no entendía por qué se había marchado. ¿Qué pensaba conseguir enfadándolo?

Y entonces se le encendió la proverbial bombilla y se preguntó por qué no había entendido antes su estrategia. Al fin y al cabo, era una estrategia muy básica: quería más. De hecho, Jemima o Julie o como se llamasen ella y su difunta hermana habían nacido queriendo más. Y él era lo bastante rico como para darle más. Pero no lo haría, pensó enfadado y resentido. Estaba decidido a no recompensar más a una mujer que había mentido y engañado para beneficiarse de un niño como si fuera un producto en venta al mejor postor.

# Capítulo 6

SIN aliento, Jemima se apoyó en la puerta que había cerrado de golpe en su prisa por escapar. Y ella pensando en rechazar los regalos con encanto y diplomacia...

Había ido fatal. ¿Por qué siempre tenía que meter la pata con Luciano? ¿Qué le pasaba a su cerebro? ¿Qué había sido de su famoso tacto? ¿Por qué le había devuelto el beso como si su vida dependiera de ello? Resistirse o actuar con desagrado hubiera hecho que se apartase, pero lo había animado.

El problema era que nadie la había hecho sentir lo que Luciano Vitale la hacía sentir. Cuando estaba en la universidad, antes de salir con Steven, muchos hombres habían intentado que se acostase con ellos. De hecho, esa insistencia había hecho que rechazase el sexo. Irónicamente, no era su intención seguir siendo virgen casi a los veinticuatro años. Sus padres podrían creer que debería serlo hasta que se casara, pero nunca había entrado en sus planes.

Había querido mantener su virginidad hasta que conociese al amor de su vida y había creído amar a Steven, pero él parecía apreciar su virginal estado incluso más que sus padres y había insistido en respetarlo y esperar hasta que fuesen marido y mujer. Sin embargo, qué rápido había abandonado sus creencias religiosas cuando la tentación apareció en forma de una mujer más sexy que ella, pensó con tristeza.

–No puedes darle la espalda al verdadero amor –le había dicho Steven antes de irse con su hermana–. Julie es la mujer perfecta para mí.

Pero Jemima no podía decir lo mismo de Luciano porque no era perfecto. Era arrogante, dominante y demasiado poderoso. Sin embargo, se sentía loca e irracionalmente atraída por él, y respetaba su sincero afecto por Nicky.

Le gustaba de un modo que no podía explicar o entender porque no sabía de dónde salía o en qué estaba basado. Además cuando estaba enfadado o exasperado por algo, como antes, su deseo era animarlo y consolarlo. Por qué sentía eso era algo que tampoco entendía. Era un error y el sentido común le advertía que Luciano era el hombre equivocado para ella en todos los aspectos. Eran dos personas completamente diferentes.

El sexo era un objetivo en sí mismo para Luciano, una diversión, y no tenía que formar parte de una relación. Pero se había comprometido en el pasado. Había estado casado y había tenido una hija cuando aún era muy joven, y eso sugería que, aunque tuviese fama de mujeriego, siempre había habido una parte más profunda y afectuosa de su personalidad.

La puerta se abrió en ese momento y Jemima levantó la mirada. Luciano, sin chaqueta y sin corbata, se dirigía hacia ella en mangas de camisa.

–¿Se puede saber qué haces aquí? –exclamó, consternada.

–Buscarte. Has escapado –respondió Luciano–. ¿Tú sabes lo irritante que es eso?

–Estabas siendo muy autoritario.

–Lo soy por naturaleza.

–Esa no es una excusa aceptable.

–Estabas fingiendo que no me deseas –le recordó Luciano con tono acusador–. Y eso es mentira.

–Eres demasiado arrogante.

Luciano se encogió de hombros.

–No soy modesto y sé cuándo me desea una mujer.

Y tendría mucha práctica, pensó Jemima, mirando sus oscuras y perfectas facciones, la embriagadora belleza de ángel caído que la dejaba sin aliento cada vez que lo miraba. Era muy superficial por su parte, se regañó a sí misma, pero cuando miraba a Luciano no podía concentrarse en nada más. Su cuerpo latía como un motor dispuesto a arrancar, haciendo que respirar o moverse, por no hablar de pensar con claridad, fuese una tarea imposible.

–Tal vez estás esperando que te ofrezca una villa o un apartamento en Palermo, Roma o París... ¿un puesto menos temporal en mi vida? –sugirió Luciano.

–¿Por qué ibas a ofrecerme una villa o un apartamento? –preguntó Jemima, con genuino desconcierto.

–Una amante fija necesita seguridad. Una amante temporal no la tiene.

–De verdad no sé de qué estás hablando. Pensé que las «amantes» llevaban corsé –replicó Jemima, incómoda por la conversación. No podía creer que estuviera pidiéndole a alguien como ella que fuera su amante, su mantenida. Le parecía tan ridículo que le dio la risa floja.

–No quiero seguir hablando –dijo Luciano con repentina impaciencia, mirando sus pálidos ojos aguamarina mientras pasaba las manos por los largos rizos que caían sobre sus hombros–. Me gustas con el pelo largo. ¿Llevas extensiones?

–No, es mi pelo –respondió ella, sin aliento. Estaba tan cerca que podía sentir el calor de su cuerpo.

Y en ese momento, él supo que la había descubierto porque solo unos meses antes la madre de su hijo llevaba el pelo corto. Pero ya había aceptado que era una mentirosa, ¿no? Charles Bennett no cometía errores. Sin embargo, mientras pasaba los dedos por los lustrosos mechones dorados, le daba igual quién fuera o lo que fuera. Solo quería ver ese maravilloso pelo extendido sobre su almohada y, sin vacilar, se inclinó para tomarla en brazos.

–¡Suéltame!

–No –dijo él tranquilamente–. Te deseo.

–¡Eso no es suficiente!

Luciano abrió con el hombro la puerta que conectaba los dormitorios.

–Es suficiente para mí, *piccola mia*.

Ella estaba a punto de decirle por qué no era suficiente cuando Luciano la besó, un beso largo, duro y hambriento, que aceleró su corazón y dejó su mente en blanco. Enterró los dedos en los rizos oscuros y acarició la orgullosa cabeza antes de deslizarlos por su cuello. El deseo de tocarlo era tan poderoso que la abrumaba. Ni siquiera era capaz de escuchar la juiciosa vocecita que intentaba devolverle la cordura.

Luciano la dejó sobre la cama y la estudió con inmensa satisfacción. Sabía lo que era y de qué era capaz, pero no iba a dejarse engañar por sus amenazas. La avaricia era su debilidad y la usaría para controlarla, pensó, sin querer cuestionar qué había sido de su convicción de que una sola noche sería suficiente para olvidarse de ella.

Sabía que no tenía el control de la situación y eso lo hacía sentir asombrosamente liberado. Libre de sus rígidas reglas podía hacer lo que quería. Sería suya mientras la deseara y eso era lo único que importaba en ese momento.

Se inclinó para apoderarse de su boca, cerrando una mano sobre la curva de su pecho para sentir los latidos de su corazón mientras el suyo propio era como un trueno. Su boca era ardiente, ansiosa y dulce, tan dulce que no se cansaba de ella.

Los besos de Luciano eran como una droga adictiva a la que Jemima no podía resistirse. Una y otra vez se decía a sí misma que solo era un beso. ¿Y luego qué?, le preguntó una vocecita.

Arqueó la espalda cuando él la levantó para desabrochar el sujetador y, antes de que pudiese reaccionar, el top y el sujetador habían desaparecido.

—Eres preciosa —murmuró, trazando los generosos pechos con dedos casi reverentes, deteniéndose para jugar con los distendidos pezones antes de inclinar la cabeza para rozarlos con la lengua.

Jemima resopló mientras bajaba las pestañas, disfrutando de la seductora sensación que provocaba un latido entre sus piernas. Los largos dedos morenos acariciaban sus desnudas curvas y el beso se volvió más ferviente mientras acariciaba los distendidos pezones, lamiendo y chupando con una experiencia erótica que le hacía levantar las caderas del colchón sin darse cuenta. No había un solo pensamiento en su cabeza, solo sorpresa por la descarnada pasión que experimentaba en ese momento.

Con manos impacientes, Luciano le quitó la falda y se libró de la camisa. Jemima lo miró con una admiración que no podía disimular, toda su atención concentrada en el bronceado torso, el estómago plano y las estrechas caderas. Sus hombros eran anchos, sus bíceps marcados. Solo entonces, cuando con desgana apartó la atención del fabuloso cuerpo masculino, fue consciente de sus pechos desnudos, pero cuando iba a levantar las manos con intención de cubrirse, él las sujetó para ponerlas sobre su cabeza.

–No interfieras –le dijo con tono ronco–. Haremos esto a mi manera, *piccola mia*.

Jemima sintió que le ardía la cara, avergonzada de estar medio desnuda en la cama con él. Luciano usó los labios para atormentar sus distendidos pezones y ella contuvo el aliento, la vergüenza olvidada por completo.

–Deja que te toque... –le rogó.

Luciano soltó sus muñecas.

–En otra ocasión –murmuró, besando su estómago mientras con una mano tiraba de sus bragas hacia abajo.

Jemima se quedó helada, incrédula. Se sentía mortificada... hasta que empezó a tocarla y fue como si en sus venas se hubiera declarado un incendio. No había nada en su mente salvo una enfebrecida concentración en lo que le estaba haciendo, en lo que le hacía sentir.

Luciano inclinó la cabeza sobre sus muslos abiertos y empezó a rozarla despacio con la lengua. Cuando ella levantó las caderas sin poder evitarlo, rio suavemente.

–Esto se me da muy bien –afirmó, con todo descaro.

Y no mentía. Encontró todos sus puntos sensibles escondidos entre los húmedos pliegues, trazó y acarició los sitios más escondidos con la lengua y el borde de los dientes. Jemima notaba que estaba cada vez más húmeda, su corazón latiendo alocado dentro de su pecho como si estuviese corriendo una carrera.

Experimentaba una sensación de plenitud, como si un dique estuviese a punto de romperse dentro de ella, y se retorcía de placer, intentando dominar la tortura de tan erótica exploración, pero Luciano sujetaba sus caderas con fuerza. Estaba ardiendo, las sensaciones abrumadoras e incontrolables.

Y entonces sintió que el dique se rompía. Los espasmos de placer se convirtieron en una oleada de convulsiones que la llevó al cielo antes de devolverla sollozando a la tierra de nuevo. Sentía como si hubiera salido volando, pero su cuerpo parecía extraño y pesado.

–Estoy ardiendo por ti, *piccola mia* –susurró Luciano, colocándose sobre ella para buscar su boca una vez más.

Sabía a ella y eso la sorprendió, pero ya estaba en estado de shock, de modo que una sorpresa más no importaba. Se había adentrado en un mundo peligroso, desconocido. Y no era el increíble atractivo de Luciano lo que la hacía sentir débil, tuvo que reconocer. Su debilidad era él mismo. Era la emoción que experimentaba al ver un brillo burlón en esos lustrosos ojos dorados que la miraban con satisfacción. Era saber que darle placer a ella le proporcionaba placer a él; que lo hacía sentir bien y hacía desaparecer el mal humor que lo había perseguido durante todo el día. Eso la hacía sentir... poderosa.

–Me vuelves loco –musitó Luciano, apartándose para abrir el cajón de la mesilla–. Tanto que casi había olvidado ponerme un preservativo.

Sujetó sus caderas con sus fuertes manos mientras se colocaba sobre ella y, al sentirlo dentro por primera vez, el incendio que recientemente había saciado se avivó de nuevo, enviando un escalofrío de deseo por sus venas. Jemima miró sus facciones oscuras, tensas, los ojos dorados ardientes de pasión.

Luciano volvió a apoderarse de su boca de manera inesperadamente tierna hasta que deslizó la lengua entre sus labios para enredarla con la suya en un delicioso baile. Nada había sido nunca tan excitante como ese beso. Jemima levantó las manos para enterrar los dedos en su pelo, pero Luciano se apartó un segundo antes de enterrarse en ella.

–Sigues siendo tan estrecha –musitó, frustrado, haciendo un esfuerzo sobrehumano para contenerse y dejar que se acostumbrase a la invasión. Pero el deseo era tan potente que estaba temblando.

Jemima podía sentir su cuerpo ensanchándose para acomodarlo y tuvo que disimular un gesto de aprensión. No podía decirle que era su primer amante porque, supuestamente, había tenido a su hijo. Creía que era una mujer experta en la cama y, sin duda, preferiría eso a la patética verdad. Cerrando los ojos se arqueó hacia él para apresurar el proceso e impedir que su vocecita interior le recordase que estaba cometiendo un grave error.

Sabía lo que decía esa vocecita y se negaba a escucharla. Deseaba a Luciano y quería saber qué era aquello que volvía loco a todo el mundo. Cada embestida enviaba sensaciones por todo su cuerpo, excitándola como nunca.

Luciano la empujó hacia atrás un poco más para tener un ángulo mejor y cuando se enterró del todo Jemima gritó, sus ojos llenos de lágrimas.

–Me duele.

Él se quedó inmóvil, mirándola con gesto de incredulidad. Sabía que su cuerpo se había encontrado con una resistencia que no podía creer existiera. Aunque no era la madre de su hijo, había creído que al menos tendría experiencia con los hombres igual que su hermana. Pensar que se había equivocado lo despertó de aquel hechizo erótico, aclarando la niebla de su cerebro.

–¿Estás bien? –le preguntó.

–Sí, claro que sí –le aseguró ella.

Intentando contenerse para no hacerle daño, Luciano se apartó un poco del estrecho túnel dejando escapar un gruñido de satisfacción.

El dolor se convirtió en una ligera sensación de escozor, seguida de una sacudida de exquisito placer, pero cuando él volvió a enterrarse de nuevo Jemima se agarró a sus brazos y levantó las rodillas, arqueándose para recibir sus potentes embestidas. Experimentaba una salvaje impaciencia, mezclada con un primitivo deseo, mientras levantaba las caderas y un gemido impotente escapó de sus labios cuando aumentó el ritmo. Luciano se enterraba en ella y su cuerpo se cerraba a su alrededor, su corazón como un trueno.

Un cosquilleo final en la pelvis despertó una reacción en cadena que le hizo perder el control por completo. Llegó a la cima en un orgasmo increíblemente fabuloso, los espasmos de placer sacudiendo todo su cuerpo.

Débil como un gatito, Jemima le echó los brazos al cuello, pero se quedó helada cuando él los apartó y saltó de la cama para ir al baño.

Tenía sangre, comprobó Luciano con incredulidad cuando entró en la ducha. ¿Jemima era virgen? ¿Cómo podía corresponder ese pequeño atributo con la mujer mentirosa y vividora que él pensaba que era? ¿Qué demonios había pasado? ¿Qué había hecho?

Salió de la ducha y se puso los vaqueros a toda prisa. Sin embargo, el mero recuerdo de su exuberante cuerpo lo excitaba de nuevo. ¿Virgen? De repente, se sentía incómodo y ridículamente culpable. Estaba tan convencido de que Jemima era una vividora y una mentirosa como la madre de su hijo y como...

No, se negaba a pensar en eso porque el pasado estaba mejor enterrado. Pero ese pasado lo había hecho cruel, cínico y desconfiado con las mujeres.

Jemima debería haberle advertido. ¿Pero cómo iba a hacerlo sin contarle la verdad? ¿No sabía que la primera vez podía dolerle? Nunca había tenido que pensar en esa posibilidad porque nunca había sido el primer amante de una mujer. Sin embargo, había sido el primero para Jemima y se encontró saboreando eso de la forma más extraña.

No debería influir en su actitud hacia ella... pero así era. No podía seguir confundiéndola con Julie, la chica de compañía, o con su difunta esposa, Gigi. Jemima era considerablemente más inocente que cualquiera de las dos.

Mientras oía a Luciano moverse por el baño Jemima salió del hechizo y tiró de la sábana para cubrir sus pechos desnudos, aunque fue demasiado tarde porque él apareció en la puerta un segundo después.

¿Qué pensaría de ella? se preguntó. En medio de la tormenta de dudas e inseguridades había conseguido milagrosamente olvidar las mentiras que había contado y que estaban a punto de atraparla, pensó, angustiada. Luciano tenía que saber que una virgen no podía ser la madre de Nicky.

¿Dónde estaba su sentido común? ¿Cómo podía haber olvidado la necesidad de proteger algo que podía demostrar que estaba mintiendo? Por supuesto, no se le había ocurrido que pudiera acostarse con Luciano. Fantasear era una cosa, hacer realidad esa fantasía otra muy diferente. Y tampoco había calculado el peligro de tentar a un hombre tan apasionado, dominante y sexual como Luciano Vitale. Sabiendo que lo deseaba, él la había convertido en su objetivo y ella había sido presa fácil, pensó, avergonzada.

–Bueno... –Luciano, con unos vaqueros desgastados y el torso desnudo, se apoyó en el quicio de la puerta. Y Jemima no podía dejar de mirarlo–. ¿Qué precio le pones a tu virginidad?

Ella parpadeó, sorprendida.

–¿Precio? –repitió, pasmada.

Luciano enarcó una bien definida ceja negra.

–Tiene que haber un precio porque tú le pones precio a todo. Pusiste un precio a mi hijo, ¿no? Regalar algo no es tu estilo.

Jemima sentía que su cara iba a explotar.

–No sé de qué estás hablando.

Luciano hizo un gesto impaciente con la mano mientras la estudiaba con expresión seria.

–Deja de mentir. Las mentiras me enfadan y no quiero enfadarme –le advirtió.

Su tono helado era como el repentino roce de un bloque de hielo en su inflamada piel. Estaba asustándola, pero no tenía que hacerlo porque se daba cuenta del error que había cometido.

–Muy bien, no te contaré ninguna mentira más –murmuró–. Tú sabes que no soy la madre de Nicky, ¿verdad?

–Evidentemente. Así que dime, ¿cuál es el precio de las vírgenes hoy en día? –le preguntó Luciano con ardiente desprecio–. Imagino que me has entregado tu virginidad por alguna razón y contigo la razón siempre tiene que ver con un precio.

–¡Yo no soy así! –exclamó Jemima, desolada.

La sensual boca masculina se torció en un rictus amargo.

–Si intentas vender un niño, imagino que también pondrás un precio a tu virginidad.

–¡Yo nunca he intentado vender a Nicky! –protestó ella con pasión–. Eso sería algo imperdonable.

–¿Pero no es imperdonable esconderlo de su padre cuando su verdadera madre había muerto? –replicó él.

Jemima dio un respingo ante una pregunta tan directa. No podía culpar a su difunta hermana por la situación en que se encontraba. Era ella quien se había enterrado en ese agujero. Después de todo, había mentido a Luciano desde el día que lo conoció y había acrecentado el error acostándose con él. Había hecho algo peor que olvidar los límites entre el bien y el mal, los había pisoteado.

–Mi primera pregunta debería ser: ¿quién eres en realidad? Pero eso me convertiría en un mentiroso porque sabía que no eras la persona que decías ser antes de acostarme contigo.

La mirada de Jemima estaba cargada de consternación.

–¿Ya lo sabías? –preguntó desconcertada–. Y sin embargo... –sin terminar la frase, miró sin darse cuenta las sábanas arrugadas.

Luciano apretó el mentón en un gesto de ira.

–No esperaba encontrarme con una virgen.

Jemima seguía intentando entender lo que acababa de decir.

–Sabías que no era la madre de Nicky y sin embargo estabas dispuesto...

–El sexo es el sexo y había bebido un par de copas. El sexo me empujaba y me daba igual quién fueras –respondió, despectivo.

Ella palideció. Estaba diciendo que la había usado para saciar su deseo y que la sorpresa de su verdadera identidad no había sido suficiente para que se echase atrás. Era una forma de castigarla y lo sabía.

–¿Desde cuándo lo sabes? –le preguntó en voz baja.

–Desde que aterrizamos en Sicilia.

Jemima recordó su cambio de actitud en el aeropuerto.

–Sé lo que debes pensar de mí...

–No tienes idea de lo que pienso de ti –la interrumpió Luciano con tono helado.

–Quiero tanto a Nicky...

–Ah, claro, tienes que decir eso, ¿no?

–Temía que si te contaba que solo era su tía te lo llevarías inmediatamente.

–También esperaba que dijeras eso –Luciano se apoyó en el quicio de la puerta, la luz destacando sus poderosos pectorales.

–He estado con Nicky desde que tenía solo unos días –insistió Jemima intentando defenderse.

–¿Y sabías desde el principio que tu hermana había firmado un acuerdo de gestación subrogada?

–Sí, pero no me dijo tu nombre ni me dio ningún detalle sobre ti. Julie no confiaba en nadie, nunca lo hizo –explicó Jemima–. Ella sabía que no me sentía cómoda con la decisión que había tomado y, aunque dejó a Nicky a mi cuidado, no me dio ninguna información que pudiese interferir con sus planes.

Luciano no estaba convencido. Los farsantes mentían con facilidad, añadiendo complejas capas de falsedad a sus historias para que pareciesen más creíbles. Él lo sabía por experiencia, pensó sintiendo un escalofrío.

–¿Tu hermana y tu crecisteis en casas separadas?

–Sí.

–¿Y cuándo os conocisteis?

–Unos meses antes de que Julie firmase ese acuerdo de gestación subrogada contigo, pero no me lo contó hasta que apareció en casa con Nicky.

Jemima estudió sus manos, pensativa, mientras recordaba la emoción y alegría que había sentido cuando descubrió que tenía una hermana melliza que quería conocerla.

Ella no había buscado a sus padres biológicos porque temía hacerle daño a sus padres adoptivos, pero no se le había ocurrido que pudiera tener una hermana en alguna parte y cuando conoció a Julie se sintió abrumada de felicidad. Le había dolido saber que su padre

biológico era un desconocido y que su madre había
muerto por una sobredosis, pero le dolió más saber de
los problemas de salud de su hermana, su fracasada
adopción y su triste infancia.

–Yo fui mucho más afortunada que ella. Mis padres
me quisieron desde el primer momento –empezó a decir–. Pero la familia de Julie...

–No estoy interesado en la historia de Julie –la interrumpió Luciano.

–¡Es la madre de Nicky!

–Y agradezco mucho que ya no esté aquí para hacerle más daño a mi hijo –replicó él.

–¿Cómo puedes decir eso? –Jemima tiró de la sábana para cubrirse.

–¿Por qué no? –los ojos de Luciano brillaban, hela-
dos como diamante oscuros–. Era su madre, pero no
era una persona decente y cariñosa. Era incapaz de
criar a un hijo.

Jemima tiró de la sábana y se envolvió en ella para
ir al baño, temblando. Su primera exploración en el
mundo del sexo había sido un desastre que la había
hecho sentir despreciable y rechazada.

Luciano estaba insultando a su difunta hermana y
ella no podía replicar porque Julie había hecho las cosas muy mal, pero pocas personas eran malas de verdad. Jemima parpadeó para contener las lágrimas mientras buscaba una bata en su maleta.

Necesitaba darse una ducha para borrar los recuerdos del roce de Luciano y la sensación de su cuerpo en
el suyo. Temblando, abrió el grifo sin dejar de pensar
en su hermana y la pena la embargó. No podía dejar de
pensar que si hubiera tenido un poco más de tiempo

con Julie podría haber hecho que las cosas cambiasen a mejor. Aunque debía reconocer que su hermana nunca le había hecho caso, no respetaba su opinión ni buscaba su consejo, sobre todo en lo que se refería a Nicky.

Pero el niño se había metido en su corazón en cuanto lo conoció porque era un bebé tan infeliz.

–¡No sé cómo ser madre! –se había quejado su hermana, histérica porque su hijo no dejaba de llorar–. Me dices que lo tome en brazos, pero no me siento cómoda y eso hace que me sienta mal.

Nicky había tenido varios cólicos y Julie no era capaz de lidiar con las noches en vela. Jemima, intentando ayudar, había terminado haciéndose cargo del niño. Después, su hermana volvió a Londres a trabajar y dejó al niño a su cuidado. Julie había sido incapaz de formar un lazo con el bebé, pero ella conocía la historia de su hermana. En realidad, Julie había tenido muchas relaciones complicadas en su vida y rara vez se quedaba en el mismo sitio durante mucho tiempo. Huir de las circunstancias difíciles había sido una norma para ella.

Luciano no tenía compasión, pensó. Julie había hecho cosas malas, pero su hermana no quería ser una mala persona. Sencillamente, era débil.

Anudando el lazo de su bata, Jemima volvió a la habitación.

–Yo quería a mi hermana y no pienso disculparme por ello –le espetó, desafiante–. Pero siento haberte mentido. Eso estuvo mal. Le tengo mucho cariño a Nicky y temía perderlo, aunque sé que eso no excusa mi comportamiento. Debería haberte dicho inmediatamente que su madre había muerto.

Luciano hizo una mueca.

—Era un juego de poder, ¿no?

—El poder no tiene nada que ver...

De repente escuchó un grito a lo lejos y se puso tensa.

—Nicky está llorando —murmuró.

—Carlotta cuidará de él —le recordó Luciano.

Jemima abrió la puerta y aguzó el oído. Sí, Nicky lloraba en el piso de arriba.

—No puedo dejarlo así, está muy disgustado —anunció, mirándolo por encima del hombro.

Pronto se marcharía del formidable castillo, pensó. Sabiendo que le había mentido y que no tenía derechos sobre Nicky, Luciano no iba a dejar que se quedase más tiempo del que fuera absolutamente necesario. Sin embargo, la sorprendía que se hubiera acostado con ella sabiendo eso.

Jemima tragó saliva. ¿El alcohol habría hecho que le pareciese más atractiva? ¿Pero qué importaba ya? Se habían acostado juntos y ya no podía dar marcha atrás. Había sido algo sin importancia para él, que se había levantado de la cama a toda prisa después para preguntarle qué precio ponía a su virginidad. Se sentía avergonzada, humillada, más triste que nunca.

¿Por qué tenía que hacerla sentir tan mal sobre la intimidad que habían compartido?

# Capítulo 7

CARLOTTA estaba nerviosa mientras acunaba a Nicky, que gritaba a pleno pulmón intentando soltarse del abrazo de la niñera.

—No le gusta que lo acunen cuando está disgustado —le explicó Jemima con tono de disculpa, pensando que habría sido mejor tener la oportunidad de hablar con ella antes de dejarla sola con el niño.

Luciano dijo algo en italiano desde la puerta y Carlotta miró a Jemima con cara de sorpresa antes de volverse abruptamente para poner a Nicky en sus brazos. Aun consciente de que Luciano estaba presente y había actuado como intérprete, Jemima lo ignoró para concentrarse en el niño. Nicky estaba rígido, pero se relajó en cuanto estuvo en sus brazos, enterrando la carita en la curva de su cuello.

—Tiene pesadillas. Se asusta cuando despierta y solo necesita que lo calmen un poco —murmuró mientras paseaba por la habitación.

Sentía un ligero escozor entre las piernas y enterró la cara en los rizos del niño para disfrutar de su inocencia mientras se dejaba caer sobre la mecedora.

Luciano se había puesto una camisa, pero viendo sus pies desnudos y su pelo mojado era evidente que había estado desnudo unos minutos antes y se había vestido a toda prisa. Desnuda bajo la bata, Jemima sentía que le ardía la cara.

Era bochornoso. No quería que nadie supiera que se había acostado con él. Esa era su desgracia privada y no iba a compartirla con nadie. Carlotta, sin embargo, se limitó a sonreír, claramente aliviada al ver que el niño se había calmado.

Niccolò había dejado de llorar inmediatamente, notó Luciano con sorpresa. El niño se agarraba de forma convulsiva a Jemima para buscar seguridad. La echaba de menos.

¿Su angustia sería provocada por el repentino cambio en su rutina y por la ausencia de la única persona en la que confiaba? Luciano palideció, pensando que había impuesto reglas que podrían haber hecho daño a su hijo, que le había causado un incensario sufrimiento. Le había pedido a Carlotta que cuidase de Niccolò y que pidiese la ayuda de Jemima solo cuando fuese absolutamente necesario.

¿Pero cómo podía querer a su hijo y, sin embargo, apartarle de la única persona a la que quería y necesitaba?

De repente, al ver cómo Jemima acariciaba la cabecita de su hijo con manos tiernas, se sintió avergonzado.

—Conoce a su madre –le dijo Carlotta en italiano.

Era una pena que Jemima no fuese la madre de su hijo porque el niño estaba tan encariñado con ella... estaban muy encariñados el uno con el otro.

Luciano decidió entonces hablar con su abogado para descubrir qué clase de mujer era Jemima Barber. ¿Cómo podía seguir confiando en su instinto? Tampoco podía tener fe en la versión de Jemima. Alguien tan decidido a hablar en defensa de Julie Marshall no podía inspirarle confianza.

Cuando se acercó a la mecedora, Niccolò levantó la cabecita del hombro de Jemima y lo miró con sus grandes ojos oscuros. Y entonces sonrió, dejándolo atónito porque era la primera vez que recibía una respuesta de su hijo. Debía reconocer que el niño solo sonreía así cuando estaba seguro en presencia de Jemima.

Unos minutos después volvió a quedarse dormido y ella se levantó de la mecedora para dejarlo en su cuna con cuidado, cubriéndole tiernamente con una mantita.

–Debería dormir el resto de la noche, o eso espero –susurró.

Evitaba su mirada mientras salían de la habitación e Jemima intentó pasar a su lado, pero él puso una mano en su brazo.

–Jemima...

–Tengo hambre –lo interrumpió ella, apartando el brazo de un tirón–. ¿Podría comer algo en mi habitación? Solo quiero un bocadillo y una taza de té.

–Ponte algo de ropa y nos veremos abajo para cenar –sugirió Luciano, colocándose a su lado.

–Gracias, pero no. Ahora mismo no estoy de humor.

Al final del pasillo vio un enorme retrato de una bella mujer morena y, lamentando tan antipática respuesta, hizo un esfuerzo para romper el silencio.

–Dios mío, es guapísima. ¿Quién es?

–Mi madre, Ambra. Lo pintaron poco después de que se casara con mi padre. Probablemente nunca volvió a sonreír así.

–¿Cuándo murió?

—Cuando yo tenía tres años —admitió él con los dientes apretados, luchando contra los terribles recuerdos de esa noche.

—¿Y tu padre volvió a casarse?

—No.

Jemima se regañó sí misma por haber rechazado la invitación de cenar juntos. Había dejado que la creyese la madre de su hijo; había usado esa mentira como un medio para seguir en la vida de Nicky el mayor tiempo posible. Entendía que Luciano la odiase. ¿O había pensado que era como su hermana y solo quería el dinero? Julie adoraba a los hombres ricos y, sin embargo, por mucho dinero que tuviese nunca había sido suficiente porque lo derrochaba de manera insensata.

—Hablaremos mañana durante el desayuno —dijo Luciano, deteniéndose frente a la puerta de la habitación, a unos metros de la suya.

—No debería haberte mentido —empezó a decir ella—. Pero no tenías derecho a insultarme dando a entender que usaría el sexo a cambio de dinero —añadió, en un arranque de ira.

Luciano observó su larga melena dorada cayendo casi hasta su cintura. Le gustaría tanto tocarla que tuvo que hacer un esfuerzo para contenerse. De acuerdo, le gustaba su pelo. Sí, le gustaba *mucho* ese pelo largo y rubio, particularmente sabiendo que era natural. También le gustaban su cuerpo y sus ojos y...

Haciendo un enorme esfuerzo, se concentró en lo que estaba diciendo.

—He conocido a muchas mujeres que venden sexo como si fuera un producto.

Jemima se quedó tan sorprendida por esa admisión

que levantó la cabeza para mirarlo, visiblemente consternada.

−¿En serio?

Luciano asintió, deseando haber mantenido la boca cerrada. Después de decir eso Jemima podría pensar que él se acostaba con prostitutas y no le hacía ninguna gracia.

¿Por qué le importaba lo que pensase?, se regañó a sí mismo, desconcertado por su falta de concentración y autodisciplina. ¿Qué le pasaba? ¿Unas cuantas copas para disipar el mal humor habían nublado su buen juicio?

Después de decirle a Agnese que esperase para la cena, se dirigió al estudio para llamar a su abogado.

Charles se disculpó en varias ocasiones durante la larga conversación porque nada en aquella situación era lo que habían pensado. Charles no podía responder a la mayoría de sus preguntas y, con cierta reticencia, le dio el teléfono de su informador.

Tomando aire, Luciano llamó al padre adoptivo de Jemima, Benjamin Barber. Y nada de lo que descubrió en esa llamada lo hizo más feliz sino al contrario. Cuando terminó, estaba maravillado del optimismo y la generosidad de Benjamin Barber... y se sentía avergonzado por sus opiniones y sospechas.

Sabiendo que al menos le debía a Jemima una disculpa, y una advertencia sobre lo que había hecho, volvió a subir a la habitación.

Medio adormilada después de una deliciosa cena, Jemima tomó la bandeja, pensando que habría subido alguien a buscarla. Pero en lugar de eso se encontró con Luciano, irritantemente inmaculado con un pantalón de sport y una camiseta negra.

—¿Sí? –lo recibió con su tono menos simpático, sin poder disimular su irritación.

Luciano tomó la bandeja y la dejó sobre una mesa al lado de la puerta.

—Tengo algo que decirte.

—¿No puede esperar hasta mañana?

—No, me temo que no.

Jemima abrió la puerta del todo y dio un paso atrás. No sabía qué iba a contarle y era un riesgo dejarlo en el pasillo, donde cualquiera podría escuchar la conversación.

—He hablado con tu padre durante largo rato.

Jemima lo miró horrorizada.

—¿Perdona?

—He llamado a tu padre y ahora él sabe que te has estado haciendo pasar por tu hermana.

—Dios mío... ¿cómo has podido hacer eso? No puedo creer que se lo hayas contado.

—Los investigadores que contrató mi abogado ya se habían puesto en contacto con tu padre y me pareció que hablar con él directamente era lo mejor. Estaba disgustado porque no le habías dicho nada, pero entiende por qué lo has hecho y quiere que sepas que te perdona. Tenía que advertirte antes de que hablases con él.

Con las rodillas temblorosas, Jemima se dejó caer sobre los pies de la cama y enterró la cara entre las manos.

—No puedo creer que hayas llamado a mi padre...

–¿Por qué?

–No quería que ellos supieran nada de esto para no disgustarlos –exclamó Jemima con tono de reproche.

–Yo solo quería aclarar el asunto y tú estás demasiado involucrada sentimentalmente –se defendió Luciano–. Y ha sido una conversación muy... esclarecedora.

–No me lo creo, de verdad. No tenías ningún derecho a inmiscuirte.

–Estoy tan atrapado en la confusión que creó tu hermana como tú. Los problemas legales del robo de identidad tardarán mucho tiempo en solucionarse. Julie alumbró un hijo usando tu nombre. Contrajo deudas a tu nombre y cometió delitos usando tu nombre...

Jemima se levantó de un salto.

–¿Y crees que no sé todo eso?

–Se aprovechó de tus padres –le recordó Luciano.

–No creo que mi padre te haya dicho eso –lo acusó ella furiosa.

–Tu padre es un hombre ingenuo e imagino que tiene pocos contactos con el mundo de la delincuencia. Yo soy menos inocente y estoy mucho más acostumbrado a lidiar con gentuza.

–Pues peor para ti –replicó Jemima, abriendo la puerta del dormitorio en clara invitación–. Ahora mismo lo único que quiero es irme a la cama y olvidar que existes.

Luciano levantó una mano y trazó su labio inferior con un dedo.

–Qué mentirosilla eres. Sin mí, Niccolò no existiría... y estoy seguro de que tú no lo abandonarás tan fácilmente.

El roce de su dedo provocó un cosquilleo en su interior. Con la respiración agitada, tuvo que apretar los muslos para contener la sensación de humedad entre las piernas. Levantó la cabeza y, cuando su mirada se encontró con los ojos dorados, se sonrojó sin poder evitarlo. Dio un paso atrás, furiosa consigo misma. Odiaba que pudiese provocar en ella tal reacción sin intentarlo siquiera.

–Buenas noches –se despidió.

Luciano deseaba tomarla en brazos y llevarla a su cama. Era puro deseo, se dijo a sí mismo, furioso, la clase de deseo irracional e ingobernable que obligaba a un hombre a darse duchas frías y que lo empujaba a las profundidades del deseo más neurótico. Y al contrario que su difunto y nada llorado padre, que una vez había estado obsesionado con una mujer, él no era obsesivo. Trabajaba hasta muy tarde y cuando volvía a casa caía en la cama, demasiado exhausto como para hacer algo que no fuese dormir.

A la mañana siguiente, Jemima se sentía menos traumatizada. La verdad había sido descubierta y ya no podía esconderse. Mentir iba contra su naturaleza y pesaba en su conciencia, de modo que era un alivio no tener que seguir haciéndolo.

Sus padres lo sabían, pensó, mordiéndose el labio inferior. Llamaría a casa por la noche, aunque temía la decepción de su padre. Pero Luciano y Nicky eran su reto del día y en eso iba a concentrarse.

Durante el desayuno, Luciano le contaría cuáles eran sus intenciones. Le había mentido. Podría haberse convencido a sí misma de que lo había hecho por su sobrino, pero sabía en su corazón que eso no era cierto del todo. Lo había hecho por ella, porque no podía soportar la idea de separarse de Nicky. Y eso había sido egoísta por su parte ya que el padre estaba dispuesto a hacerse cargo de su hijo.

Mientras pensaba tristemente en sus errores, buscó algo que ponerse en su maleta y tuvo que reconocer que no tenía nada adecuado para un día tan cálido. Al menos nada presentable. Y no, no quiso preguntarse por qué tenía que estar más *presentable* de lo habitual.

Después de unos minutos, entró en el vestidor y buscó entre los vestidos que colgaban de las perchas. ¿Qué haría Luciano con ellos cuando se fuera de allí? ¿Los tiraría, los regalaría a sus empleadas? Eligió un vestido azul de algodón, sencillo y menos revelador que los demás, y empezó a arreglarse.

Sentada en el suelo de la habitación con Nicky, que parecía entusiasmado con sus nuevos juguetes, Carlotta le contó que el niño se había tomado todo el biberón y Jemima decidió dejarlos solos para que su sobrino fuese acostumbrándose.

Una criada la recibió al pie de la escalera para decirle que Luciano la esperaba para desayunar. Recorrieron el vasto edificio, subiendo escalones y atravesando corredores antes de llegar a una larga galería llena de cuadros que daba a un soleado patio.

Luciano se levantó de la silla, tan atractivo como siempre con un pantalón gris pálido y una camiseta negra.

–*Buon giorno* –la saludó–. Estás muy guapa.

Jemima se puso colorada.

–No exageres –murmuró con tono de reprobación–. Solo me he puesto este vestido porque hace calor y no he traído nada adecuado.

–Ya sé que no te lo has puesto para complacerme o atraerme, *cara mia* –respondió Luciano, irónico.

Mientras los criados servían el desayuno, Jemima miró fugazmente a los guardaespaldas que estaban a unos metros, pensando que Luciano vivía como un soberano medieval con un ejército de empleados, todos haciendo reverencias para asegurar su confort y protección. Era un estilo de mi vida muy solitario, divorciado de la normalidad, y se preguntó si eso afectaría a Nicky, si acabaría siendo algo así como un príncipe coronado viviendo una vida de tal lujo.

Luego, a hurtadillas, miró el fantástico perfil clásico de Luciano y su corazón se aceleró. No podía dejar de recordar su boca, esa boca ancha, sensual y experta, sobre ella, haciendo que se retorciese de deseo, la dinámica flexión de su cuerpo sobre el suyo llevándola al orgasmo más fabuloso de su vida. Nerviosa, apartó la mirada. Por sensata que quisiera ser, no podía olvidar esa noche de intimidad, la primera que había conocido, tan inolvidable como el propio Luciano.

–Bueno, ¿qué va a pasar ahora? –le preguntó para romper el silencio.

Los lustrosos ojos dorados se apoderaron de los suyos y tuvo que hacer un esfuerzo para respirar.

–Eso es lo que tenemos que decidir.

Jemima apartó la mirada para morder una fruta fresca. Estaba hablando en plural, aunque no creía que ella tuviese mucho que decir.

–Cuéntame cómo consiguió tu hermana hacerse con tu pasaporte –dijo Luciano entonces.

–Ocurrió por accidente. La primera vez que nos vimos me mostró su pasaporte para que viese la fotografía porque también ella había llevado el pelo largo como yo. Y, no sé cómo, nos confundimos y se quedó con el mío.

–¿Y luego?

–Julie se dio cuenta de que era el mío cuando llegó al aeropuerto. No quería perder el vuelo y...

–Te mintió –la interrumpió Luciano–. Ya había usado tu pasaporte cuando presentó la solicitud para la gestación subrogada. Y la razón por la que te mintió es que tenía varias denuncias. Seguramente te buscó precisamente para eso, para robar tu identidad. Acéptalo, Jemima.

Ella palideció. Estaba recordando aquel día, las dos riendo mientras comparaban las fotos de los pasaportes...

–Tardé meses en darme cuenta del cambio y cuando me puse en contacto con ella dijo que me lo devolvería cuando volviese de Italia.

–Pero no lo hizo, ¿verdad?

–Evidentemente, crees que soy tonta –dijo Jemima, enfadada.

–No, creo que te engañó. Tu hermana tenía costumbre de engañar y tú no querías aceptar la verdad –el tono de Luciano era sorprendentemente compresivo–. Entiendo que quisieras creer lo mejor de tu hermana. A mí también me pasó una vez.

–Ah –Jemima no salía de su asombro–. Yo la quería... sentí de inmediato una conexión con ella.

–Los estafadores necesitan ser atractivos para engañar a la gente. ¿Por qué no denunciaste el robo de tu
pasaporte cuando se negó a devolvértelo?

–No necesitaba mi pasaporte porque no tenía dinero
para viajar y no quería que mi hermana tuviese problemas. La verdad es que inventaba excusas para su comportamiento... –admitió ella, poniendo los ojos en
blanco.

Luciano se levantó de la silla para apoyarse en la
balaustrada de piedra y la miró con gesto satisfecho.
Era elegante como un cisne con ese vestido azul, el
pelo sujeto en la habitual trenza, solo unos mechones
escapando para formar una especie de alrededor de su
rostro. Había querido a su hermana, había llorado su
muerte a pesar del daño que le hizo. Jemima tenía una
generosidad de espíritu que admiraba, aunque nunca
podría emularla. Y quería lo que ella podía ofrecerle a
su hijo. Sentía que ella sería el mejor regalo que podría
hacerle nunca a Niccolò.

Por una vez en su vida no iba a ser egoísta y no iba
a recordarse a sí mismo que había jurado no volver a
entregar su libertad a nadie. En cualquier caso, estaba
en deuda con Jemima. Sin saber la verdad y dolido por
su traición la había seducido, y ella no merecía eso. La
virginidad tenía que ser algo importante para una mujer
que había llegado a los veinticuatro años sin experi-
mentar. Y él se la había robado. Cruelmente, sin pensar
en sus sentimientos.

–Anoche me aproveché de ti –anunció Luciano entonces–. Estaba enfadado y un poco borracho.

Jemima dejó la taza sobre el plato para mirarlo a los
ojos.

–No te aprovechaste de mí. Soy adulta y sabía lo que hacía.

–No te di opción a decir que no...

–Te elegí a ti porque nunca me había sentido tan atraída por un hombre. No me siento orgullosa de haber sido tan superficial, pero fue mi decisión.

Los dos se quedaron en silencio y Jemima se aclaró la garganta, avergonzada por su vehemencia. ¿De verdad tenía que admitir que nunca había deseado tanto a un hombre como a él? ¿No sonaba eso un poco patético?

–Lo más raro sobre las decisiones es que cuando tomas una importante siempre estás convencido de que no cambiarás de opinión. Cuando mi mujer murió decidí que nunca volvería a casarme –le confesó Luciano, sorprendiéndola con tan íntima admisión–. No quería compartir mi vida con otra mujer, pero lloraba por la hija que había pedido y seguía queriendo ser padre, por eso se me ocurrió la idea de la gestación subrogada. Pensé que sería un simple contrato sin problemas, pero jamás pensé que tendría que lidiar con una mujer como tu hermana.

Jemima se limitó a suspirar. Al marcharse del hospital con Nicky después del nacimiento, Julie había cambiado la vida de mucha gente y eso no podía negarlo. Pero estaba más interesada en saber por qué Luciano había decidido no volver a casarse. ¿Porque había amado mucho a su mujer? Gigi Nocella había sido una estrella de cine bellísima. ¿Qué mujer podría compararse con ella?

–Tú has sido responsable de mi hijo desde que solo tenía unos días de vida –siguió Luciano.

–Así es –Jemima volvió al presente y sacudió tan triviales especulaciones sobre su pasado–. Julie volvió a Londres a trabajar. Me dijo que ganaba dinero como Relaciones Públicas y yo no tenía ninguna razón para dudar de ella. Seguí con mi trabajo de profesora infantil y dejé a Nicky en una guardería cercana. Julie no me ayudaba con los gastos... con mi sueldo no era fácil y tuve que usar mis ahorros. Mis padres tampoco tenían dinero, así que dejé mi apartamento y volví a casa.

–Has hecho sacrificios para cuidar de mi hijo –tuvo que reconocer Luciano–. Y lo has cuidado bien. Creo que lo quieres tanto como él a ti.

–Es imposible no quererlo –admitió Jemima.

–Pero no es tu hijo.

Ella hizo una mueca ante el innecesario recordatorio.

–Eso no importa.

Luciano siguió estudiándola con intensidad.

–Puede que Niccolò no sea tu hijo, pero podría serlo...

Jemima lo miró, asombrada.

–¿Qué quieres decir?

–Te estoy pidiendo que te cases conmigo, que seas mi mujer y la madre de mi hijo –le aclaró Luciano, sus ojos brillantes y dorados como los de un león–. Es lo más lógico en esta situación. Piénsalo y hablaremos de ello más adelante.

# Capítulo 8

JEMIMA no podía creerlo. Luciano Vitale estaba pidiéndole que fuera su mujer. ¿Cómo era posible? Se había reunido con él para desayunar esperando que le dijera que debía volver a casa y en lugar de eso le proponía matrimonio.

–¿La madre de Nicky?

–Y la madre de los hijos que podamos tener juntos –añadió Luciano, tomándola por sorpresa–. Estoy hablando de un matrimonio y una familia normales, por supuesto.

Jemima se sentía como un ratón arrinconado por un gato y buscó sus ojos como para asegurarse de que había oído bien. Un matrimonio normal, una familia normal. No podía creerlo.

–Pero no estás enamorado de mí.

Luciano inclinó a un lado su arrogante cabeza.

–¿Y el amor romántico es tan necesario para ti?

Jemima se puso colorada.

–Siempre había pensado que me casaría por amor.

–Pero a veces el amor no dura para siempre –afirmó Luciano–. Además, puede animar expectativas poco realistas en una relación. Yo no puedo ofrecerte amor, pero sí puedo ofrecerte respeto, consideración y fidelidad. Creo que hay una buena oportunidad de que un matrimonio creado con bases tan prácticas pueda salir adelante.

Jemima pensó entonces que seguramente era el hombre más atractivo del mundo. Apoyado en la balaustrada, los rizos negros moviéndose con la brisa, Luciano Vitale era el hombre más arrebatador que había visto nunca. Y ese hombre estaba ofreciéndole respeto, consideración y fidelidad.

¿No creía en el amor o seguía enamorado de su difunta esposa? Le gustaría preguntar, pero no era el momento. Luciano le había propuesto matrimonio. ¿No debía ser esa una ocasión especial? Era evidente que lo había pensado bien porque parecía muy seguro.

–¿Por qué yo?

–Sobre todo porque quieres a mi hijo y él te quiere a ti. Yo crecí sin una madre y quiero algo mejor para él.

–Podrías casarte con otra mujer –insistió ella.

–Para Niccolò cualquier otra mujer no serías tú y siempre sería el segundo cuando tuviese un hijo propio. No creo que tú reacciones así, pero otras mujeres sí lo harían.

–Sin embargo, planeaste su nacimiento pensando en criarlo sin una madre –le recordó Jemima.

–Eso fue antes de ver la relación que hay entre vosotros y lo feliz que haces al niño.

Jemima se levantó del asiento.

–Me temo que el hombre con el que me case tendrá que quererme por algo más que por mi capacidad de tener hijos –respondió, intentando esbozar una sonrisa para enmascarar la herida en su corazón.

Luciano suspiró, frustrado.

–Jemima...

Ella se alejó a toda prisa porque no podía seguir hablando. Estaba tan dolida que no entendía por qué. En realidad, esa proposición de matrimonio era un cumplido. Aunque no quisiera aceptarla.

Y en ese momento entendió por qué. Ella quería más. Quería que Luciano la quisiera, aunque era completamente irracional. Tantas mujeres bellas y sofisticadas hubiesen aprovechado la oferta sin discutir. ¿Por qué ella era tan melindrosa?

—Jemima —volvió a llamarla Luciano, tomándola por los hombros para obligarle a darse la vuelta—. Tú sabes bien que te deseo por algo más que eso.

Jemima tuvo que parpadear cuando sus ojos se encontraron con los ojos dorados.

—¿Ah, sí?

—Claro que sí —respondió él, empujándola hacia la pared.

—¿Cómo voy a saberlo? Nicky me quiere y tú crees que soy buena para él, por eso me has pedido que me case contigo.

Luciano esbozó una sonrisa, mostrando sus blancos y perfectos dientes.

—Anoche...

—No quiero hablar de lo que pasó anoche —lo interrumpió ella—. Tu proposición deja bien claro que darle una madre a tu hijo es tu única motivación.

—Me equivoqué. Ese es un enfoque demasiado conservador. Pensé que lo preferirías.

—¿Por qué iba a querer un enfoque conservador? —insistió Jemima, impaciente.

—¿Habrías preferido que te llevase a la cama otra vez antes de proponerte matrimonio?

Jemima estaba a punto de ponerse a gritar. Ella pensaba en amor y romance mientras él pensaba en sexo, salvaje y lascivo. Bueno, había dejado claro que no iba a ofrecerle amor, ¿qué más podía esperar de él?

¿Pero de verdad quería decir que no? ¿No ser la madre de Nicky? ¿No a ser la esposa de Luciano y la madre de sus futuros hijos?

Luciano puso las manos a ambos lados de su cara, aprisionándola con su poderoso cuerpo, y Jemima abrió los ojos de par en par al sentir algo duro apretando su vientre, formidable incluso a través de la barrera de la ropa. El deseo le impedía respirar.

–No, claro. Clavando una rodilla en el suelo durante una cena con velas hubiera sido más tu estilo –dijo él entonces, burlón.

–No soy tan anticuada –replicó ella, exasperada.

Inclinando la cabeza, rozó sus labios en un gesto casi burlón y luego tiró de su labio inferior con los dientes mientras deslizaba una mano por su cadera. Cuando deslizó la lengua entre sus labios entreabiertos en un gesto desvergonzadamente sexual, Jemima no pudo evitar levantar los brazos para ponerlos alrededor de su cuello.

–¿Eso es un sí, *piccola mia?* –murmuró Luciano con voz ronca.

–¿Siempre estás calculando las posibilidades? –se quejó ella, intentando apartar la cara.

Luciano esbozó una sonrisa perversa que desató una oleada de mariposas en su estómago y la dejó mareada.

–Soy muy calculador –admitió.

Podría tenerlo si quisiera, pensó Jemima. Y lo deseaba, cuánto lo deseaba. Pero sería una locura, una decisión impulsiva basada en un deseo momentáneo. Sus sentimientos en ese momento eran abrumadores y poco fiables. Cerca de Luciano su cuerpo vibraba como un diapasón y lo único que deseaba era tirar de él hasta el dormitorio más cercano. Reconocer eso enfrió su excitación e hizo que diese un paso atrás, al menos mentalmente, para recapacitar.

–Tengo que pensarlo –anunció–. Quiero estar sola un rato. Voy a dar un paseo por la playa.

Escapó a toda velocidad hasta que por fin sus pies se hundieron en la suave arena de la playa. Suspirando, se quitó los zapatos y caminó descalza.

Las olas mojaban sus pies mientras se alejaba del castillo, admirando las casitas blancas en las colinas y la playa en forma de herradura, con varios barcos meciéndose sobre el agua. La iglesia del pueblo, con su campanario, tenía un aspecto pintoresco y encantador.

¿Qué sentía por Luciano?, se preguntó. ¿Su deseo por él sería suficiente? ¿No debería ser Nicky quien la empujase a tomar una decisión? ¿Importaba que no estuviera pensando tanto en Nicky como en convertirse en la esposa de Luciano Vitale? ¿Estaba encandilada por él? Sin duda, en cuanto dejase de verlo dejaría de portarse como una adolescente alocada, pensó, haciendo una mueca. Al fin y al cabo, si quería que ese matrimonio de conveniencia funcionase tendría que ser más práctica.

¿Podría conformarse con respeto, consideración y fidelidad? Tal vez no sería feliz del todo, pero si la alternativa era no tener a Luciano, la elección estaba hecha. Si había una oportunidad quería aprovecharla.

¿Y su familia, sus amigos, su trabajo como profesora infantil que tanto le gustaba? ¿Y vivir en Sicilia? ¿Podría acostumbrarse a ese cambio? Los amigos y la familia podrían visitarla, se dijo. Y aunque echaría de menos su trabajo, cuidar de Nicky y tener más hijos ocuparía su tiempo.

Se dio cuenta entonces de que estaba caminando hacia una formación de rocas en medio de la playa y cambió de dirección para dirigirse hacia la carretera de tierra que llevaba al pueblo. Volvió a ponerse los zapatos y solo cuando se irguió se dio cuenta de que no estaba sola. Había tres guardaespaldas a unos metros de ella y les hizo un gesto con la mano para que la dejasen en paz.

¿Por qué estaban siguiéndola? ¿De verdad eran necesarias tantas precauciones?

Cansada y acalorada, se detuvo en un café lleno de gente. Había un grupo de hombres mayores jugando al ajedrez en una esquina y las demás mesas estaban ocupadas. En cuanto se sentó, uno de los guardaespaldas se acercó para preguntarle qué quería tomar mientras el camarero los miraba con gesto nervioso.

Jemima pidió un zumo de naranja natural para refrescarse mientras miraba a un grupo de niños jugando a la pelota en la playa.

Nicky tendría una playa para él solo, pensó. ¿Podría jugar con otros niños? ¿Luciano sabría lo que era una infancia normal? ¿Cómo habría sido la suya? Le había contado tan poco de su vida. Lo único que sabía era que se casó muy joven y que su madre había muerto cuando él tenía tres años. Luciano Vitale no era un hombre dispuesto a abrirle su corazón a cualquiera.

Unos minutos después, un elegante deportivo se detenía frente al café y los camareros prácticamente hicieron reverencias al ver a Luciano. Los ancianos dejaron de jugar al ajedrez, rígidos de repente, todo el mundo en silencio. Luciano se sentó frente a ella como si no se hubiera dado cuenta del aprensivo silencio que acompañaba a su llegada y la de su séquito de guardaespaldas.

–¿Por qué has hecho que me siguieran?

–Mi padre murió cuando su yate explotó en el puerto, ahí mismo –respondió Luciano–. Yo he vivido una vida muy diferente, pero sigue habiendo gente que me odia o me teme por la sangre que corre por mis venas y ese es un riesgo que debo tomar en consideración.

Jemima se había puesto pálida.

–Lo siento, no lo sabía.

–Es una vieja historia. Y nadie lloró por mi padre, yo menos que nadie –admitió él con sequedad.

–¿Tu infancia fue infeliz? –murmuró Jemima.

–¿Saber eso es importante para ti?

Jemima asintió con la cabeza.

–Fue una pesadilla. Por eso quiero una infancia normal para Niccolò.

Jemima no sabía si quería saber algo más porque el brillo de sus ojos hacía que sintiera un escalofrío por la espalda. Los hombres de la esquina seguían mirándolos con aprensión y se preguntó cómo habría sido para Luciano crecer siendo el hijo de un hombre tan odiado y temido que su reputación empañaba la vida de su hijo.

La ternura se mezclaba con una intensa compasión. Una familia normal. No era mucho pedir. No era un sueño imposible, ¿no? De hecho, era una aspiración modesta para un hombre tan rico y poderoso, y saber eso tocaba más su corazón que cualquier cosa que pudiera haber dicho o hecho.

Luciano se preguntaba por qué Jemima parecía a punto de llorar. No quería hablar de su sucio pasado, ni siquiera quería pensar en algo que lo había manchado para siempre y que, sin duda, también la mancharía a ella. Además, seguía enfadado consigo mismo por su comportamiento la noche anterior. Había perdido el control y actuado de forma deshonesta. Incluso su padre había esperado a casarse con su madre antes de compartir cama con ella.

Pero él sabía que era inútil lamentar los errores.

—Quiero casarme contigo —dijo en voz baja.

—Lo sé —susurró Jemima, con el corazón en la garganta—. Pero no sé qué significa eso para ti.

—Te deseé desde el día que te conocí. ¿Es eso lo que quieres escuchar? Pensaba que eras tu hermana y no podía creer que deseara a una mujer así, por eso luché contra ese deseo. Eres una mujer muy cariñosa, Jemima, y mi hijo te necesita. No creo que yo sea capaz de darle esa clase de cariño, pero tú sí.

Sí, eso era lo que Jemima quería escuchar y una sonrisa iluminó su cara.

—Muy bien, me has ganado —dijo con voz trémula.

Luciano chascó los dedos y dijo algo en italiano al camarero, que empezó a servir copas a todo el mundo, incluso a los guardaespaldas. El propietario del café apareció entonces con una botella polvorienta que le mostró con gesto de orgullo.

—¿Qué significa esto? —preguntó Jemima.

—He invitado a todo el mundo a una copa para celebrar nuestros planes de matrimonio –le explicó Luciano.

–¿Estamos hablando de boda?

–Claro.

–¿Y vamos a tomar una copa? Pero si aún no es mediodía.

Luciano se pasó una mano impaciente por el pelo.

–*Santa Madonna!* Se me había olvidado darte el anillo.

Jemima se mojó los labios con el vino.

–¿Hay un anillo?

–*Certamente*... pues claro que hay un anillo –Luciano sacó una cajita del bolsillo y la abrió para mostrar un zafiro espectacular rodeado de diamantes–. Si no te gusta, podemos elegir otro –añadió, poniéndolo en su dedo.

–Es precioso –dijo Jemima, medio mareada–. ¿De dónde lo has sacado? Acabamos de llegar a Sicilia...

–Era de la familia de mi madre. Y no, antes de que preguntes, nunca se lo di a Gigi.

Todo el mundo sonreía a su alrededor y los ancianos de la esquina se levantaron para brindar. Luciano se mostraba sorprendido por la simpatía y los buenos deseos mientras ella miraba el fabuloso anillo brillando a la luz del sol. Entonces, sintiendo un escalofrío de emoción, se preguntó si Luciano compartiría su cama de nuevo esa noche.

–¿Y por qué no se lo diste a Gigi?

–No era lo bastante llamativo para ella. Gigi solo llevaba diamantes.

Era la primera vez que mencionaba voluntariamente a su primera mujer. Jemima pensó que con el tiempo descubriría algo más, pero sabía que era un tema delicado. Habían cambiado tanto las cosas entre ellos, pero el cambio fundamental en la actitud de Luciano había ocurrido en cuanto supo que no era su hermana. Saber que había luchado contra esa atracción antes de conocer su verdadera identidad la tranquilizó un poco. Luciano estaba dispuesto a perdonar sus mentiras porque respetaba su cariño por Nicky y sus principios. En otras palabras, lo que era importante para ella también era importante para él.

—Bueno, ¿entonces cuándo nos casaremos? —le preguntó mientras subía al elegante deportivo.

—En cuanto sea posible —las largas pestañas ocultaban los ojos de Luciano—. Haz una lista de invitados. Mi gente se encargará de todo. Nos casaremos aquí.

—¿Aquí, en Sicilia?

—No creo que sea buena idea llevar a Niccolò a Gran Bretaña otra vez —comentó Luciano con el ceño fruncido—. Tú tendrías que alojarte en algún sitio donde mi gente de seguridad pudiese cuidar de los dos porque cuando la noticia se haga pública seréis objetivo de los *paparazzi*. Será más fácil si te quedes en la isla, donde la privacidad está asegurada.

Jemima intentaba absorber las realidades de su nueva vida mientras sacudía lentamente la cabeza, atónita, porque no podía ni imaginar ser objetivo de los *paparazzi*. Pero tenía razón, un nuevo viaje y otra selección de caras nuevas no beneficiaría a Nicky. Si Castello del Drogo iba a ser su hogar, debería empezar a acostumbrarse sin tener que adaptarse a más cambios.

—Tengo programado un viaje a Asia y estaré fuera durante un par de semanas, pero puedes invitar a tu familia para que te hagan compañía hasta la boda –sugirió Luciano, desconcertándola por completo.

Jemima intentó disimular su decepción. Evidentemente, tendría que viajar a menudo por su trabajo y las separaciones temporales serían parte de su vida. Ella era independiente y autosuficiente, se recordó a sí misma. Querer estar a su lado todo el día era una estupidez.

–Me sorprende que vayas a separarte de Nicky tan pronto –admitió, en cambio.

–Cuando se programó el viaje para encontrar a mi hijo me parecía una fantasía –respondió él–. Pero ahora que lo he encontrado no tengo intención de ser un padre ausente. Cuando vuelva a casa no me separaré de él, te lo aseguro.

–¿Por qué lo compraste? –le preguntó Jemima cuando volvieron al castillo–. ¿Solo por la privacidad?

–No lo compré, lo heredé. Era de la familia de mi madre y ella creció aquí –le explicó Luciano con expresión ensombrecida.

–¿Y viviste aquí de niño?

–No, mi madre nunca volvió aquí después de casarse. Mi padre la conoció jugando en la playa cuando era adolescente –Luciano hizo una mueca–. Decía que había sido amor a primera vista, pero yo creo que era simple deseo...

¿Lo mismo que Luciano había sentido por ella? se preguntó Jemima. Una atracción inmediata, similar a la que había sentido ella misma. ¿Cómo iba a despreciar eso?

–¿Y cuándo volvieron a verse?

–En un mundo decente nunca hubieran vuelto a

verse. Mi padre era un asesino, un ladrón, un gánster
–declaró Luciano–. Ella era la adorada hija de un aris-
tócrata, un hombre educado. Pero ese hombre contrajo
importantes deudas de juego, que mi padre pagó a cambio de la mano de su hija.

–Dios mío –murmuró Jemima–. ¿Y qué dijo ella?

–Ella quería mucho a su padre e hizo lo que tenía
que hacer para salvarlo de la ruina. Imagino que tener
que pagar un precio tan alto no le hizo muy feliz porque se casó con un hombre brutal.

Jemima notó el oscuro timbre de su voz y decidió
que era hora de cambiar de tema. Luciano no quería
hablar del matrimonio de sus padres y, en sus circunstancias, no le sorprendía. Le había contado que su madre murió cuando él tenía tres años y seguramente no
conservaba muchos recuerdos de la bella morena del
retrato en la escalera. Era algo que tenían en común y
se lo comentó.

Luciano se volvió para mirarla.

–¿Cómo?

–¿Habías olvidado que soy adoptada? No recuerdo
nada de mis padres y lo que sé, gracias a la investiga-
ción de Julie, es que no hay nada de lo que sentirse orgullosa. Nuestra madre era drogadicta y jamás sabremos quién era nuestro padre.

Luciano asintió con la cabeza.

–A veces no saber nada es mejor.

–Sí, hay cosas que es mejor dejar en el pasado,
donde deben estar –dijo ella, apretando su mano–. No
somos responsables por lo que hicieron nuestros padres
y no nos parecemos a ellos.

Luciano sonrió, burlón, ante el poco sutil intento de

consuelo. Él no necesitaba consuelo. Sabía quién era, de dónde venía y lo que había hecho para ser razonablemente feliz. No darle demasiada importancia a las emociones era algo necesario para tener un poco de paz.

Nicky, que acababa de despertar de su siesta cuando entraron en la habitación, sonrió cuando Jemima lo tomó en brazos, volviéndose hacia Luciano para incluirlo y animarlo, para que se conocieran mejor.

–Vamos a bajarlo a la playa. Nunca ha visto el mar.

–Muy bien. Nos vemos en cinco minutos.

Jemima no se atrevió a ponerse los diminutos bikinis de su nuevo vestuario y eligió su viejo bañador, de un azul algo desteñido. Luciano, también en bañador, tomó a Nicky en brazos y sonrió con satisfacción cuando el niño no se apartó. Mientras tanto, Jemima admiraba a hurtadillas la flexión de los fuertes músculos de su espalda cuando se colocó al niño bajo un brazo para bajar la escalera. No había una pizca de grasa en ese cuerpo fibroso de estrecha cintura y delgadas caderas.

Los criados bajaron una merienda a la playa mientras Nicky reía mojándose los piececitos en el agua y más aún cuando su padre lo lanzaba al aire. Jemima miraba a padre e hijo, aliviada por esa relación tan natural. Nicky ya no se sentía incómodo con Luciano y enterraba las manitas en su pelo o tocaba su cara con familiaridad.

–Ha sido una buena sugerencia –dijo él mientras volvían al castillo.

Una mujer rubia los llamó desde la terraza y se adelantó para saludar a Luciano con dos besos en las mejillas. Era una mujer alta y esbelta con mucho estilo a la que Jemima veía por primera vez.

–Te presento a Sancia Abate. Sancia, mi futura esposa, Jemima Barber, y mi hijo, Niccolò.

Sancia apenas se molestó en mirarla a ella, pero se mostró muy simpática con Nicky antes de despedirse.

–¿Quién es, trabaja para ti? –le preguntó Jemima después.

–No, es la hermana pequeña de Gigi – respondió Luciano–. La dejo usar la casa de invitados cuando necesita un respiro. Nicky se cansa rápido, ¿no?

Jemima observó al niño chupándose el puñito con los ojos cerrados y sonrió, a pesar de la sorprendente visita de la esbelta rubia.

–Tú lo has dejado agotado. No está acostumbrado a esos juegos tan masculinos porque mi padre ya no tiene tanta energía.

–Pero le quiere mucho.

–Sí, desde luego. ¿Tú recuerdas a tus abuelos?

–No, los dos murieron poco después de que mis padres se casaran. Agnese fue mi niñera y lo más parecido que he tenido nunca a una abuela.

–Yo tampoco los conocí porque mis padres se casaron ya mayores –dijo Jemima mientras ponía a Nicky en brazos de Carlotta–. Sé que perdiste a tu madre cuando eras muy pequeño.

–Así es.

–¿Qué le pasó?

Luciano se dio la vuelta, sin responder.

–¿Estaba enferma? –insistió Jemima, siguiéndolo hasta la habitación.

–No –Luciano cerró la puerta de golpe–. ¿No entiendes las indirectas? No quiero hablar de eso.

–Lo siento, no quería...

–No quiero mentir, pero tampoco quiero contarte la verdad.

Jemima levantó las manos para acariciar su cara en un gesto de consuelo.

–Lo siento, soy muy curiosa –le confesó–. Siempre quiero saberlo todo y si hay algo parecido a un secreto me vuelvo un sabueso. Debería haber sido detective.

A regañadientes, Luciano dejó escapar una carcajada. Pero al ver el brillo de sus ojos se vio envuelto de repente en una oleada de deseo y la estrechó entre sus brazos, buscando su boca con devastadora urgencia.

Jemima contuvo el aliento ante el salvaje ataque. Su cuerpo se incendió como la paja mientras experimentaba una insoportable quemazón entre las piernas.

–*Madonna!* Me moriré si no te tengo ahora mismo –Luciano puso los dedos en sus hombros para liberar sus pechos del bañador.

Luego la tumbó en la cama y se desnudó con movimientos impacientes para colocarse sobre ella, desnudo y dispuesto. De rodillas a sus pies, tiró del bañador mientras su ardiente mirada se deslizaba sobre el delicioso cuerpo desnudo.

–Me encantan... son tan bonitos, tan generosos – susurró, acariciando la curva de sus pechos hasta las endurecidas puntas–. Y esto –sus manos viajaron por los esbeltos muslos para abrirlos, revelando una franja de brillante color rosado– esto es perfecto, *piccola mia*. Soy su esclavo...

Con erótica experiencia, inclinó la cabeza para rozarla con los labios y para Jemima fue tan mágico como aterrador perder el control de ese modo. Se agarró a su pelo, sollozando, gimiendo. Al final, gritó su nombre en un éxtasis de tembloroso placer, su cuerpo débil y saciado debajo de él, demasiado sorprendida por su pasión y por su explosiva respuesta como para moverse.

–¿Por qué mi curiosidad te ha excitado tanto? –susurró, casi sin voz.

Luciano frunció el ceño. No lo sabía. La había mirado y, de repente, un incontrolable deseo de llevarla a la cama se había apoderado de él. No podía explicarlo. El brillo de sus ojos lo había enardecido de una forma que no comprendía.

Suspirando, puso su boca sobre un rosado pezón y jugó con él durante unos segundos, sonriendo sobre la arrebolada piel mientras Jemima murmuraba su nombre como si fuese una plegaria. La tumbó boca abajo y, aunque ella protestó, Luciano no le hizo caso. Tiró de sus caderas hacia atrás para enterrarse en su sedosa y húmeda caverna con un gruñido de entusiasmo, animado por los jadeos femeninos.

Jemima no podía respirar. Deliciosas sensaciones repercutían por todo su cuerpo mientras Luciano se enterraba en ella con fuerza. La carnal delicia de la penetración hacía que perdiese la cabeza y cuando pensaba que no podía sentir más, que no podía llegar más alto, él la envió volando a un orgasmo que la hizo tensar todos los músculos en un momento de sublime placer.

–Ah, vaya –murmuró, dejándose caer sobre las almohadas.

Luciano le dio la vuelta para envolverla entre sus brazos.

–Ah, vaya –repitió, burlón–. Bueno, ahora ya no tienes más remedio que casarte conmigo.

–¿Por qué?

–Porque no he usado preservativo.

Ella frunció el ceño, sorprendida.

–Pero...

–Tener relaciones sin protección es una forma de compromiso, algo a lo que no me había arriesgado nunca con una mujer salvo con Gigi.

–¿Quieres un trofeo o algo? –bromeó Jemima.

–No, quiero una repetición –Luciano mordió suavemente su labio inferior–. Ha sido estupendo, *cara mia*.

–Me alegro, pero no voy a quedarme embarazada –dijo Jemima–. No es el momento del mes.

Luciano la miró con intensidad, sus oscuras facciones extrañamente serias.

–No seas demasiado curiosa conmigo.

–¿Por qué no?

–Al contrario que tú, no me gusta compartir mis cosas. Tengo demasiado que esconder.

–Ah, eso es como un trapo rojo para un toro –bromeó Jemima–. Si vamos a casarnos no puedes esconderme nada, tenemos que compartir lo bueno y lo malo.

Luciano se sentó en la cama, con los ojos velados.

–Mi padre mató a mi madre cuando yo tenía tres años –dijo con voz tensa–. Ella estaba intentando abandonarlo... así que la tiró escalera abajo y se rompió el cuello. Yo lo presencié.

Jemima lo miró, incrédula. Y luego, sin pensar, lo envolvió en sus brazos.

–Debe ser terrible para ti verte forzado a vivir con un recuerdo como ese.

–Es mi pasado.

–Sí, el pasado, tú lo has dicho –Jemima besó su mentón rígido hasta que notó que empezaba a relajarse.

–¿No te disgusta lo que acabo de contarte?

–No tanto como te ha disgustado a ti contármelo.

–Nunca se lo había contado a nadie –reconoció Luciano en voz baja–. Antes tenía pesadillas.

–¿Y quién te consolaba?

–Agnese... siempre estaba ahí. También ella lo presenció.

–¿Y nadie llamo a la policía?

–Mi padre tenía amigos en altos cargos y contactos con la policía corrupta. Dijeron que la muerte de mi madre había sido un trágico accidente y nadie se atrevió a cuestionarlo. Cuando cumplí la mayoría de edad ya no pude hacer nada porque mi padre había muerto. En cualquier caso, habría liquidado a cualquiera que testificase contra él, incluso a mí –le explicó con tono pesado–. Esa era su vida, ese es el ambiente en el que crecí y por eso juré que jamás sería como mi padre.

–Y has cumplido esa promesa –le recordó Jemima–. ¿No es así?

–Sí, *piccola mia*.

–Entonces deberías sentirte orgullo de lo que has conseguido y celebrar tu éxito –Jemima levantó las caderas con la esperanza de hacerlo pensar en cosas más agradables.

Siendo altamente sugestionable en ese aspecto, Luciano sonrió mientras desataba el contenido fuego de su ardiente temperamento. Ella sonrió, satisfecha de haber roto las barreras para llegar al hombre que había detrás. No tenía que amarla para confiar en ella. Y, por alguna razón, en ese momento le parecía compensación suficiente.

# Capítulo 9

**V**EN a tomar el té, dijo la araña a la mosca –bromeó Ellie haciendo una mueca–. No me gusta Sancia.

Jemima arrugó la nariz. Su mejor amiga solía juzgar con gran severidad, pero ella intentaba ser justa con la gente. Y eso incluía a Sancia Abate, la guapísima rubia que había aparecido de repente sin anunciarse.

Después de todo, Jemima hubiera sido la primera en admitir que se sentía incómoda con Sancia por su parentesco con la primera esposa de Luciano. Él, sin embargo, se había mostrado tan despreocupado sobre esa amistad que solo una mujer extremadamente celosa y posesiva podría sospechar de su relación. Sancia era aceptada en la familia y Jemima estaba dispuesta a respetar eso.

Además, debía admitir que Sancia había sido una invitada casi invisible en esas dos semanas, mientras Luciano estaba de viaje. Durante los últimos tres días Jemima había estado atendiendo a sus padres y a Ellie, que habían viajado a Sicilia por cortesía de Luciano para la boda, que tendría lugar en cuarenta y ocho horas. Sus padres ya habían establecido una cómoda rutina de paseos por la playa y visitas al café del pueblo, mientras Jemima pasaba horas probándose vestidos de novia y charlando con su amiga.

–¿Qué hace una rubia tan guapa aquí, en la isla, sin tener un novio del brazo? –insistió Ellie.

Jemima había descubierto que Sancia no era solo guapísima sino también una mujer llena de talento que trabajaba como modelo y actriz. Además, había escrito una biografía de su hermana que se convirtió en *best seller*. La casa de invitados, un antiguo cobertizo para botes, estaba situada detrás de los jardines del castillo, al borde de la playa. Había sido reformada para recibir invitados, pero teniendo en cuenta el tamaño del castillo no se usaba casi nunca.

Jemima había decidido arreglarse para esa visita. En realidad, cada día usaba más el vestuario que Luciano había comprado para ella y debía reconocer que las prendas, aparte de ser modernas y hechas a medida, le sentaban mejor que su propia ropa. Para disfrutar del té con la glamurosa Sancia se había puesto una falda de color lila y un top de un famoso diseñador.

–No has traído a Nicky –Sancia suspiró decepcionada en cuanto abrió la puerta–. Pasa, por favor.

–Siempre duerme la siesta después de comer.

–*Porca miseria!* Hablas como una de esas rígidas niñeras inglesas de las películas –bromeó la rubia.

–Espero que no –Jemima miró el espacioso salón, lleno de fotos y retratos de Gigi Nocella.

–¿No sabías que es aquí donde Luciano guarda todos sus recuerdos? –preguntó Sancia, con aparente sorpresa–. Habrás visto que no hay nada de ella en el castillo.

–No, es verdad –Jemima había notado que Luciano no tenía una sola fotografía de su difunta esposa o de su hija.

–Se deshizo de todo, pobre –Sancia suspiró–. Cuando Gigi murió no quería nada que se la recordase porque era demasiado doloroso. ¿No has notado que nunca la menciona?

Jemima no tenía mucha práctica con sibilinos juegos femeninos, pero sabía lo suficiente como para entender cuándo estaba siendo sutilmente despreciada.

–¿No vamos a tomar el té?

–No soy gran cosa como ama de casa, pero tengo la bandeja preparada –sin alterarse ante tan seca respuesta, Sancia esbozó una amplia sonrisa antes de dirigirse a la cocina.

Jemima se quedó frente a la ventana, admirando la espectacular vista del mar, antes de sucumbir a una curiosidad que no podía contener. La habitación en la que estaba era a la vez su peor pesadilla y su más preciado descubrimiento. Deseando satisfacer su curiosidad sobre la difunta esposa de Luciano, miró aquel santuario lleno de fotos y retratos.

No podía negar que Gigi Nocella había sido increíblemente fotogénica y dotada de unos genes envidiables. La rubia de ojos castaños, de la que Sancia no era más que una pálida copia, era exquisita y, según decían, había sido hipnótica en la gran pantalla. Y allí estaba, representada en toda su gloria, posando como joven e ingenua en sus primeros años, sexy y ardiente o pensativa y misteriosa. Pero las fotos que más le interesaban eran las fotos en las que aparecía con Luciano. La primera era la fotografía de su boda, en la que su aspecto juvenil le recordó que Gigi había sido unos años mayor.

–Luciano adoraba el suelo que pisaba –murmuró Sancia a su espalda, haciendo que diese un respingo.

–Qué susto me has dado –Jemima se abanicó con la mano, negándose a reaccionar ante tan provocativa afirmación.

Además, no necesitaba escuchar ese comentario cuando podía ver la adoración en los ojos de Luciano mientras miraba a la madre de su hija. Le dolía ver ese brillo en sus ojos porque sabía que nunca la miraría así, con ese cariño, esa adoración. Nunca sería tan importante para él o tan bella que todos los hombres girarían la cabeza para mirarla. No, tuvo que admitir con tristeza, ella estaba en una categoría totalmente diferente a la de Gigi y, le gustase o no, de no ser por su lazo con Nicky seguramente Luciano no la hubiese mirado dos veces.

Pero tendría que aprender a vivir con esa realidad, ¿no?

–Después del accidente, Luciano dijo que nunca volvería a amar a una mujer –anunció Sancia.

–Pero la vida sigue y ahora va a casarse para formar una familia –respondió Jemima con deliberada insensibilidad–. Para ti es diferente, lo sé. Nunca podrás reemplazarla e imagino que la echarás mucho de menos.

–No tienes idea –Sancia había palidecido ligeramente.

–Te comprendo. Yo conocí a mi hermana cuando ya éramos adultas y luego la perdí en un accidente. También había un lazo especial entre nosotras... sobre todo por mi parte.

Había empezado a aceptar que su hermana no era capaz de sentir empatía por nadie. No podía rechazar la evidencia y sería mejor para ella recordar a Julie como había sido y no idealizar su recuerdo.

–Gigi era irreemplazable –dijo Sancia con cierta brusquedad.

–Pero yo no intento reemplazarla –respondió Jemima–. ¿Cómo iba a hacerlo? ¿Y para qué? Luciano y yo tenemos una relación completamente diferente.

Mientras volvía al castillo atravesando el jardín, sus pálidos ojos azules estaban empañados de lágrimas. No quería llorar con los guardaespaldas a unos metros, silenciosos y observando cada uno de sus movimiento. Sabía que Luciano, que parecía preocuparse mucho por ella mientras estaba de viaje, sería informado de cualquier cosa extraña que ocurriese.

La llamaba varias veces al día para charlar sobre cosas sin importancia y hasta le preguntaba qué había comido porque, según él, le gustaba tanto el sonido de su voz que podría escucharla recitando los nombres de una guía telefónica. También le interesaba saber todo lo que hacía con Nicky, y era evidente que echaba de menos al niño, pero sus conversaciones con ella estaban cargadas de galanterías y coqueteos. Después de todo no era un adolescente sino un hombre de casi treinta y un años, con suficiente experiencia como para conquistar a cualquier mujer.

Especialmente si esa mujer no era Gigi Nocella, pensó, conteniendo un sollozo. No habría tenido que hacer un esfuerzo especial para elogiar a una mujer tan perfecta como Gigi. ¿Cuántas veces iría a visitar el santuario en la casa de invitados? ¿Si ella no existiera estaría con Sancia, recordando felizmente los viejos tiempos con su primera mujer y con su hija? Era comprensible que Sancia estuviera resentida con ella y que se sintiera amenazada por su aparición en escena. Si Luciano volvía a casarse, Gigi sería un mero recuerdo del pasado.

Solo faltaban unos días para la boda y estaba deseando que llegase el momento. Y no era tan tonta como para dejar que los comentarios de Sancia la afectasen, ¿no?

Cuando sonó su móvil lo sacó del bolsillo, agradeciendo una interrupción que, con un poco de suerte, la haría pensar en cosa más positivas. Pero cuando escuchó la voz familiar de Steven estuvo a punto de soltar un gemido porque había pensado que no volvería a saber nada de su exnovio desde que llamó para decir que no iría a la boda, aunque no había sido invitado, porque sabía que estaba cometiendo un terrible error.

–El dinero de Luciano Vitale te ha vuelto loca –le había dicho, sin preámbulos.

–Su dinero no me importa, su generosidad sí –había replicado ella.

Y era cierto, Luciano había invitado a sus parientes y amigos, que estaban disfrutando de unas maravillosas vacaciones en la isla, para que no estuviese sola mientras él estaba fuera.

–Puede que tú no te des cuenta, pero creo que estás vengándote de mí por lo que pasó con Julie –Steven suspiró–. Nunca me perdonaste de verdad.

–Claro que te he perdonado, pero no estaba dispuesta a retomar la relación y no creo que puedas culparme por ello –replicó Jemima–. Eras diferente cuando estabas con mi hermana.

–Cometí un terrible error, pero es a ti a quien quiero.

–No como la querías a ella.

–Eso no era amor de verdad y tú tampoco amas a Luciano. Te casas con él por Nicky –protestó Steven.

Jemima se dejó caer sobre un banco de piedra rodeado por gloriosos rosales y admiró la magnífica vista de la bahía.

–Eso no es verdad.

–El matrimonio es un sacramento y no debería ser manipulado.

–Pero es que yo quiero a Luciano –al pronunciar esas palabras su mundo se puso patas arriba porque era un descubrimiento.

Viajó a velocidad supersónica por la historia de su relación, desde el día que lo conoció a su primer encuentro en la cama y el terrible pasado sobre el que Luciano había triunfado.

Y allí, en el centro de ese conflicto, estaba el amor que no había querido reconocer o entender. Amaba a Luciano con todo su corazón. Pensó entonces en todas las cosas tiernas que había hecho por ella, desde la entrega vacilante del anillo de su madre a su paciente y entregado cariño por Nicky. Luciano estaba dispuesto a esperar el tiempo que hiciese falta para que su hijo se encariñase con él. También entendió por qué su encuentro con Sancia en el santuario de Gigi la había disgustado tanto. Le había dolido ver el amor de Luciano por su predecesora. Le había dolido aún más admitir que nunca podría parecerse a esa mujer ni tendría la admiración que ella había despertado. Para Luciano, siempre sería la madre de Nicky primero y su mujer segundo. La segunda para todo.

¿De verdad podía vivir con eso?

–Lo siento, pero tengo que irme –se despidió de Steven.

Su rostro estaba mojado por las lágrimas. Había llorado sin saberlo y se pasó una mano por las mejillas, rezando para que no se le hubiera corrido el rímel porque no quería que nadie la viera así. Le dolía pensar que a ojos de su futuro marido siempre sería inferior a su primera esposa, pero ella era una mujer práctica, realista y no podía hacer nada al respecto. ¿O sí?

Jamás se le ocurriría abandonar al niño porque para ella era tanto su hijo como si lo hubiese traído al mundo. No veía ventajas en negarse a casarse con Luciano. ¿Qué conseguiría con eso? No quería ser la niñera de Nicky durante el resto de su vida o meramente la amante de Luciano. Y si no se casaba con él y le daba más hijos, otra mujer lo haría tarde o temprano.

No mientras ella estuviese allí, pensó con fiera determinación.

# Capítulo 10

ALGO parecido a unos tentáculos de miedo quebraba la normalmente hercúlea seguridad en sí mismo de Luciano Vitale cuando terminó la conversación telefónica con su futuro suegro, que había sido precedida por una llamada de Agnese.

Había cometido un error, un serio error, tuvo que reconocer con el corazón encogido. Y debía rezar para tener tiempo y oportunidad suficientes para solucionarlo. ¿Y si no lo conseguía?

*Santa Madonna*, no quería ni pensar en esa opción.

¿Por qué había valorado su orgullo por encima de cualquier otra cosa en su vida durante tantos años? ¿Cómo demonios había dejado que una experiencia pasada ensombreciese el presente y pudiera destruir su futuro?

Y él pensaba que era tan listo, razonó con sorpresa ante la complicación que había provocado. Pero el credo de silencio como forma de protección le había sido inculcado en las rodillas de su padre.

«No digas nada, no des explicaciones, nunca te disculpes». Y nunca antes había experimentado un momento de debilidad, nunca se había saltado esas reglas. Había ocultado sus secretos a la gente y a los medios de comunicación. Había enterrado esos sucios secretos y se negaba a pensar en ellos porque creía que era más seguro, más sensato, la única forma de mantener la cordura.

Nunca había pensado demasiado en sus errores porque él era un hombre racional y estaba convencido de que olvidar el pasado y no volver la vista atrás era la única forma de seguir adelante. Pero esos errores habían influido en sus decisiones, tuvo que admitir. Además, Jemima no estaba condicionada como él ni tenía sus inhibiciones y no lo entendería...

El helicóptero apareció por la bahía mientras Jemima estaba desayunando con su familia en el cenador, sobre la playa. Nicky dejó caer su tostada cuando levantó la manita para saludarlo, contento, estirándose en la trona mientras el aparato aterrizaba.

–¿No es Luciano? – preguntó Ellie.

–Lo dudo. Me dijo que volvería mañana –respondió Jemima, un poco cansada porque no había dormido bien.

–Sospecho que tu novio te añora más de lo que crees porque aquí está –anunció su padre.

Jemima giró la cabeza en un gesto brusco, arriesgándose a una lesión en el cuello, y se levantó tan deprisa que tiró la silla mientras miraba con sorpresa al hombre que se dirigía hacia ellos por el jardín. Era sin duda Luciano.

Con un traje de chaqueta oscuro, camisa blanca y corbata plateada, tenía un aspecto a la vez formal e imponente. Su rostro parecía tenso, la línea de su mentón formidable. Jemima experimentó un escalofrío de angustia, preguntándose instintivamente si habría hecho algo malo.

Sus fabulosos ojos dorados se clavaron en los suyos, como si estuviera buscando algo, pero enseguida dirigió su atención hacia los invitados. Iba a ser su primer encuentro con los padres de Jemima.

Con Nicky dando gritos de alegría, Luciano respondió amablemente a las presentaciones antes de tomar al impaciente niño en brazos.

–Calla, gritón –lo regañó con una sonrisa–. No puedes ser siempre el centro de atención.

–Bueno, cuando no lo es se encarga de hacernos saber que no le gusta nada –bromeó su padre–. Quiere ser el protagonista.

–Dámelo a mí –se ofreció la madre de Jemima, abriendo los brazos–. Mi hija y tú deberíais estar tranquilos un rato.

Jemima miraba a Luciano con cierta aprensión; el instinto le decía que había pasado algo. Parecía tenso, sus movimientos menos fluidos que de costumbre.

Tal vez había vuelto antes porque había cambiado de opinión sobre casarse con ella, pensó, con el corazón encogido. Con los invitados y su familia en el castillo sería una pesadilla, pero era posible que se hubiera echado atrás, por eso había vuelto antes. Jemima sabía que tal desastre había ocurrido otras veces y era más fácil que ocurriese cuando el novio no estaba enamorado de la mujer a la que había pedido en matrimonio.

Luciano lanzó una mirada velada sobre Jemima. Estaba pálida y tenía ojeras. No parecía una feliz novia a punto de casarse y, en silencio, se maldijo a sí mismo una vez más mientras apretaba su mano.

–¿Quieres que demos un paseo? –le preguntó–. Tenemos que hacer una visita.

Ella frunció el ceño mientras se alejaban del cenador.

–¿Una visita?

–Creo que ayer tomaste el té con Sancia...

–Ay, Dios mío, ¿te han llegado los cotilleos?

–Me gusta saber lo que me pasa en mi casa cuando no estoy presente –le aseguró él.

Muy controlador, ¿no?, pensó ella. Pero no dijo nada porque sabía que estaba disgustado. Tenía esa mirada torturada que había visto otras veces y, aunque su aspecto era tan espectacular como siempre, debía haber viajado toda la noche y parecía cansado. Por supuesto, si quería cancelar la boda se sentiría culpable.

–¿Qué te pareció Sancia?

–No tenemos mucho en común –respondió ella.

–¿Se ha portado mal contigo? –le preguntó Luciano cuando estaban llegando a la casa de invitados.

Sorprendida, Jemima se detuvo para mirarlo.

–Pues...

–Yo puedo ser egoísta, pero no soy idiota... bueno, en general no suelo serlo. Pero en este caso he sido un tonto.

–No pasa nada, lo que tú decidas me parecerá bien. No te disgustes, lo entiendo –murmuró Jemima, conteniendo el deseo de abrazarlo.

Era ridículo querer consolar a un hombre que iba a dejarla plantada o preocuparse por sus sentimientos. Y, sin embargo, eso era lo que quería hacer, pensó mientras Luciano apretaba su mano y la empujaba hacia la casita.

–¿Por qué vamos a ver a Sancia? –le preguntó–. Admito que no fue la mejor anfitriona, pero no tengo nada más que decirle.

–Pero yo sí –replicó él, llamando a la puerta con el puño.

Sancia abrió la puerta unos segundos después. Eran las nueve de la mañana, pero iba maquillada y llevaba puesto un precioso vestido blanco. Tal vez esperaba visita.

–Luciano –lo saludó, con la más brillante de las sonrisas.

–Sancia –Luciano entró en la casa y miró con sorpresa las fotografías y cuadros que adornaban el salón–. ¿Qué es todo esto?

–Tú sabrás –respondió la rubia–. Tú me lo regalaste.

–Tú me lo pediste, lo querías para tu libro –le recordó él.

Solo llevaban unos segundos allí y Jemima ya se sentía mejor porque se dio cuenta de que Luciano no había tenido nada que ver con ese santuario de su difunta esposa. Eso, aparentemente había sido idea de Sancia.

–Está así desde el año que murió –dijo la rubia.

–Tú eres la única persona que usa esta casa –Luciano soltó la mano de Jemima y tomó un libro de la mesa–. ¿El libro no era suficiente para ti?

–No te entiendo.

–Sancia, estuve casado con Gigi cinco años –Luciano suspiró–. Y esto no es una biografía, es una novela de ficción. Le has dado a sus fans lo que querían leer, no la verdad. La verdad hubiera sido muy fea –añadió, con voz ronca–. Y quiero saber qué le dijiste ayer a Jemima.

–Nada que no fuese verdad –respondió ella con tono dulzón–. Que no te gusta hablar de Gigi y que dijiste que nunca volverías a amar a otra mujer.

Luciano hizo una mueca.

–¡Sancia! ¿Dónde está tu compasión? Tu hermana estuvo a punto de destruirme.

–No hay por qué contar ciertas cosas...

–Una pareja que está a punto de casarse no debe tener secretos –la interrumpió él mientras Jemima, a su lado, se erguía con gesto de sorpresa–. Una mujer muy sensata me lo dijo una vez, pero yo no quise hacerle caso.

–Pero tú no querías que contase la verdad –discutió Sancia–. Preferías que contase la versión edulcorada.

–He madurado –Luciano tiró el libro sobre la mesa y miró a Jemima–. Gigi no era la mujer maravillosa descrita en este libro. Me casé con ella porque me dijo que estaba esperando un hijo mío. Me fue infiel muchas veces con otros actores y el día que murió iba a dejarme por otro hombre.

–Oh, no... –murmuró Jemima, dolida por su expresión.

–Ese hombre, Alessio di Campo, es un famoso productor de cine y el amor de la vida de Gigi. Bueno, tanto como ella podía amar a alguien –le explicó Luciano–. Estaba casado y solo cuando su esposa murió decidieron hacer pública su relación. Su aventura durante nuestro matrimonio, sin embargo, era conocida por todos. Le dije que podía abandonarme, pero que no le dejaría llevarse a nuestra hija, Melita.

–¿Cómo puedes confiar en ella? ¡Podría contárselo a la prensa! –exclamó Sancia.

–Jemima no se lo contará a nadie y aunque la historia se hiciese pública, ¿qué más da ya? –Luciano se encogió de hombros con cierto fatalismo–. Todo ha terminado.

–Pero no debes...

–Para terminar la historia –siguió él, sin hacerle caso– Gigi me dijo que Melita no era hija mía sino de Alessio. Había soportado un matrimonio imposible durante años por mi hija y, de repente, descubrí que no era mi hija. Esa verdad fue más desoladora que la marcha de Gigi con Melita.

–Fue una cruel mentira –insistió Sancia, desesperada–. Yo nunca lo creí.

–Se hicieron pruebas después del accidente –replicó Luciano con gesto serio–. Melita no era hija mía, pero yo la quise como si lo fuera y si hubiera sobrevivido al accidente la habría querido toda mi vida. Pero tanto ella como su madre murieron de forma instantánea cuando el helicóptero que había enviado Alessio para llevarlas a Mónaco se estrelló.

Jemima sentía que le escocían los ojos. Solo la presencia resentida de Sancia evitaba que dijera lo que sentía: que su corazón sangraba por él. Había escondido la verdad de su amargo matrimonio durante años y estaba espantada. No se le había ocurrido pensar que Gigi hubiera sido menos que perfecta cuando en realidad había sido infiel y deshonesta. Ya no le sorprendía que Luciano hubiese pedido una prueba de ADN para comprobar que Nicky era su hijo.

–Vamos –dijo Luciano, poniendo una mano en su espalda.

–Podría vender la verdadera historia de Gigi por una fortuna –lo amenazó Sancia.

–Hazlo si quieres, me da igual –respondió él–. Pero si empiezas a dar nombres harás peligrosos enemigos entre la gente que quieres que te contrate. En fin, es asunto tuyo porque yo no voy a seguir pagando tus facturas.

–¿Qué?

–Mi piloto espera para llevarte de vuelta a Roma. Imagino que no debo añadir que ya no eres bienvenida en esta casa.

Después de decir eso los dos volvieron al aire fresco y al sol. Atónita, Jemima se apoyó en Luciano durante unos segundos, disfrutando de su alta figura, de su fuerza, de su maravilloso y familiar aroma. Solo podía pensar que Gigi había sido una mentirosa, que Julie le había mentido y luego también lo había hecho ella. ¿Cómo iba a perdonarla después de lo que había tenido que soportar con su primera esposa?

–Pensé que te habías echado atrás y venías para cancelar la boda.

–¿Qué? No, al contrario, temía haberte perdido. No sabía lo que había hecho Sancia, pero siempre he sospechado que es venenosa.

–¿Pero cómo has sabido dónde estuve ayer? ¿Los guardaespaldas?

–No, Agnese, que es como un sabueso. Llamó para decirme que Sancia te había invitado a tomar el té y que sospechaba de sus motivos.

–Ah, ya veo. ¿Por qué pagabas sus facturas?

–Al principio me daba pena porque siempre había sido la sombra de Gigi. Por supuesto, ella conocía todos los oscuros secretos de su hermana porque trabajaba como ayudante en la finca de Palermo en la que vivíamos entonces –Luciano vaciló–. Nadie más sabía que iba a dejarme cuando ocurrió el accidente y me dije a mí mismo que era un asunto privado. Pero, honestamente, decidí salvar la cara en lugar de contar la verdad. Los paparazzi nos habían perseguido obsesivamente porque siempre hubo rumores sobre el comportamiento de Gigi, pero nadie pudo demostrarlo.

–Entiendo que no quisieras contarle a todo el mundo que te engañaba –murmuró Jemima–. Era una cuestión de orgullo y Sancia te siguió el juego porque le convenía.

–Tuvo un gran éxito con la biografía de Gigi porque escribió lo que sus fans querían leer. Nadie quería saber que era una devora hombres con un ego monstruoso que me sedujo cuando tenía veintidós años y no sabía nada de la vida. Por supuesto, ya estaba embarazada cuando se acostó conmigo.

–¿Y no sospechaste nada?

–Yo estaba encandilado por ella. Seguramente un poco como reaccionaste tú cuando apareció tu hermana melliza de repente. Solo veía en Gigi lo que quería ver y me sentía halagado por su interés.

–¿Y el matrimonio solo duró por Melita?

Luciano no podía esconder su tristeza.

–Nuestro matrimonio se rompió unos meses después del nacimiento de Melita. Yo adoraba a esa niña y ella a mí. Gigi no tenía interés en su hija, pero no me hubiera dado la custodia porque eso habría dañado su imagen.

–¿Y dijiste que nunca amarías a una mujer después de ella?

–Sí –respondió Luciano–. Porque amar a Gigi había sido una experiencia horrible y no podía perdonarme a mí mismo por haber sido tan idiota. Sinceramente, creía que solo era seguro darle mi cariño a un hijo, por eso planeé la gestación subrogada.

–A veces piensas de una forma muy retorcida –lo reprendió Jemima.

Luciano tomó aire mientras abría una puerta lateral del castillo.

–Me parecía lo más lógico entonces. Gigi me hizo mucho daño y no quería volver a pasar por eso.

–Pero de todas formas. Puede que tú decidieras vivir sin amor, pero la mayoría de los niños necesitan un padre y una madre.

Él la miró, impaciente.

–De acuerdo, soy egoísta y tal vez no lo pensé bien, pero mira el resultado –dijo con una sonrisa–. Te tengo a ti... ¿aún te tengo a ti?

–Haría falta algo más que Sancia para asustarme.

–¿De verdad pensaste que iba a dejarte? –le preguntó él, enarcando una ceja de ébano–. ¿Por qué eres tan modesta? He interrumpido mi viaje para volver a tu lado porque me dijeron que estabas disgustada.

–¿Quién te dijo que estaba disgustada?

–Prometí no dar nombres –respondió Luciano.

–Ayer no estaba disgustada –insistió Jemima–. Solo estaba pensando. Casarse es un paso importante.

–Especialmente cuando el novio es alguien como yo. Alguien demasiado orgulloso y circunspecto como para admitir que su primer matrimonio fue un desastre y que su primer hijo en realidad no lo era.

Jemima arrugó la nariz mientras subían por una escalera que nunca había utilizado.

–Pero entiendo que quisieras mantenerlo en privado, aunque no apruebe que seas tan exageradamente hermético.

–Y la idea de casarse no debe ser fácil para una mujer cuando el novio se niega a admitir que la quiere –dijo Luciano entonces en una oleada de elocuencia–. Eso no es ser reservado sino estúpido porque si supieras cuánto te quiero te habrías reído de Sancia y yo no habría sufrido un ataque de pánico, ni habría vuelto a toda prisa para asegurarme en persona de que no ibas a dejarme.

–Yo no te dejaría nunca... ni a Nicky –dijo Jemima, intentando procesar lo que acababa de decir–. ¿Me quieres?

–Como un loco –un ligero rubor oscureció los altos pómulos masculinos–. Pensar en una vida sin ti me aterra. Un par de semanas sin ti ha demostrado ser una experiencia que no quiero repetir. Nunca había añorado tanto a nadie en toda mi vida...

De repente, Jemima se dio cuenta de que estaban manteniendo una conversación tan privada en medio de un pasillo y tiró de su mano para llevarlo a la habitación.

–Nunca habías añorado a nadie...

Luciano cerró la puerta tras él.

–¿Necesito un martillo para meterte esa idea en la cabeza? Te he llamado varias veces todos los días ¿eso es normal? He invitado a toda tu familia para que te hiciesen con compañía y para que no pudieras mirar a ningún otro hombre mientras yo estaba de viaje. ¿No sospechabas nada, *piccola mia*? ¿Crees que no sé que Steven está esperando que yo meta la pata y te pierda?

–Pero a mí no me interesa Steven. Y tú me gustas hasta cuando estoy enfadada contigo –le confesó Jemima cuando él esbozó esa sonrisa perversa que hacía que su corazón latiese desbocado.

–¿Lo dices de verdad? –Luciano se quitó la chaqueta y aflojó el nudo de su corbata–. Tenía una fantasía muy poco realista de nuestro encuentro. Imaginaba que me recibirías con los brazos abiertos y nos iríamos a la cama... pero no se me ocurrió pensar en los invitados.

–Todo está bien. Nuestros invitados lo están pasando de maravilla –le aseguró ella–. Ah, por cierto, te quiero muchísimo... y no tiene nada que ver con tu dinero, como piensa Steven.

–¿En serio me quieres? ¿Pero por qué?

–Eso es lo raro, que no lo sé. Un día me gustabas más que nadie y al siguiente quería hacer tu vida perfecta –le confesó Jemima haciendo una mueca.

–Es igual de raro para mí y también desde el primer día. He tardado mucho tiempo en darme cuenta de que si no quería amar otra vez era por miedo a que me hiciesen daño, y eso es una cobardía. Y entonces apareciste tú y me gustabas tanto... y no era solo por el sexo. Debería haberte contado la verdad sobre Gigi, pero supongo que no quería que pensaras mal de mí.

–¿Cómo iba a pensar mal de ti por el comportamiento de Gigi?

Luciano se encogió de hombros.

–Me encanta cómo eres con Nicky porque ella era tan fría con Melita. Sé que las comparaciones son odiosas, pero...

–Entonces no las hagas –lo interrumpió ella, mientras empezaba a quitarse el vestido.

–Tus padres... –empezó a decir él, levemente sorprendido.

–Creo que nadie protestará por nuestra ausencia –replicó Jemima sabiamente–. ¿Pero te das cuenta de que aún no me has contado quién te dijo que estaba disgustada?

Luciano dejó escapar el aliento.

–Tu padre.

Sorprendida, Jemima parpadeó.

–¿Qué has dicho?

–Tu padre cree que te hago feliz y le gusta que sea sincero con él –respondió Luciano sintiéndose tan culpable como si hubiera consultado con el enemigo–. Y yo agradecí mucho su llamada.

En realidad, Jemima estaba encantada de que su padre confiase tanto en el hombre con el que estaba a punto de casarse.

–No puedo quejarme. Nos queremos y eso es lo único importante.

–Encontrarte fue muy importante para mí, *piccola mia* –dijo Luciano mientras ella pasaba los dedos sobre el bulto bajo el pantalón con una osadía que era nueva para los dos–. *Dio mío*, te quiero...

–Yo también... te quiero tanto –consiguió decir Jemima un segundo antes de que Luciano se apoderase de su boca con una pasión abrasadora.

Jemima recorrió el pasillo de la pequeña iglesia del pueblo con su vestido de encaje, del brazo de su padre. Con un hombro al aire, manga estrecha y corpiño ajustado, el vestido de novia destacaba su figura de guitarra; el exquisito encaje caía hasta el suelo, mostrando solo los dedos de sus pies enfundados en unas extravagantes sandalias de tacón.

Luciano estaba tan embelesado al verla que no podía

disimular. Su hijo, Nicky, sentado en las rodillas de su abuela en el primer banco de la iglesia, empezó a dar saltos y a levantar los bracitos al ver a Jemima, lo más parecido a una madre que tendría nunca. Luciano sonrió, más feliz que en toda su difícil vida, más feliz de lo que había esperado serlo nunca.

Jemima se concentró en el hombre al que amaba y su corazón dio un vuelco. Era todo suyo por fin, oficialmente suyo y para siempre. Como si una alianza fuese el equivalente a un candado, se regañó a sí misma. No, era el amor que veía en sus preciosos ojos oscuros lo que la ataría a él para siempre.

# Epílogo

*–Il Capo!*

Agnese saludaba desde la puerta del castillo con una beatífica sonrisa. Todo estaba bien en su mundo porque Luciano al fin había vuelto a casa después de una semana de viaje.

Jemima sonrió recordando al ama de llaves cuatro años atrás, cuando aún la miraba de arriba abajo, desconfiada. Con el paso del tiempo habían llegado a tener una buena relación, aunque Jemima era más amiga de su hija, Carlotta, que había aprendido su idioma mientras ella aprendía italiano.

Y entonces nació Concetta, su primera hija, y Agnese se había derretido como un merengue, revelando a la mujer amable y cariñosa que escondía bajo esa imagen de persona dura.

Después de Concetta habían llegado dos niños más para aumentar la familia. En el segundo embarazo había tenido mellizos, Marco y Matteo, y después de eso decidió tomarse un descanso durante al menos dos años. Tres niños pequeños: Nicky, que casi tenía cinco años, y los mellizos, que tenían dos, eran agotadores. Concetta, de tres años, era inteligente, tranquila y más fácil de controlar que tres robustos y traviesos niños. Su hija solía mirar a sus hermanos enarcando una ceja, como hacía su padre, con cierto aire de femenina superioridad.

Su vida había cambiado tan rápidamente desde que se convirtió en madre por primera vez que a veces no recordaba su vida antes de conocer a Luciano. La vida real y la felicidad habían empezado para ella en Sicilia, en el castillo. Alguna vez pensaba con cierta nostalgia en el trabajo que había dejado atrás, pero cuidar de Nicky la había mantenido ocupada y la llegada de Concetta la convenció de que su existencia era perfecta. No lo sería para todo el mundo, pero sí para ella.

Adoraba a Luciano, a los niños, su hogar y a la gente que trabajaba en la casa y cuidaba de ellos. Y nunca olvidaba agradecer su buena fortuna.

Luciano había comprado una cómoda casa para sus padres en Gran Bretaña, pero iban a menudo a la isla y se alojaban en la casita de invitados. Su marido tenía una relación extraordinaria con sus suegros y solía llevarse a los niños con él cuando iba a Gran Bretaña en viaje de trabajo para que estuvieran con sus abuelos. Su amiga, Ellie, también la visitaba a menudo, pero no había vuelto a tener contacto con Steven, que se había casado un par de años antes.

Esperando la llegada de Luciano, Jemima se miró fugazmente en el espejo de la habitación. Se había puesto un elegante vestido azul y los zapatos de tacón más alto que había encontrado en el armario. Tenía una gran colección de zapatos, regalo de Luciano, y la colección aumentaba cada vez que volvía de algún viaje porque sabía que, aunque prefería pasar el tiempo con los niños y no de compras o de fiesta, disfrutaba poniéndose esos extravagantes zapatos en casa. Eran esos pequeños detalles, además de otras muchas cosas, lo que hacía que lo amase con todo su corazón.

Los gritos de los niños advirtieron a Jemima que su padre ya estaba en casa y sonrió cuando él tuvo que levantar la voz para hacerse oír entre el barullo. Después escuchó el sonido de sus pasos sobre las baldosas de piedra del pasillo y, un segundo después, la puerta se abrió.

Y allí estaba, su maravilloso Luciano, que seguía emocionándola tanto como el primer día.

—Está muy guapa, señora Vitale —bromeó.

Jemima se encontró con los fabulosos ojos dorados y su corazón se aceleró mientras cruzaba la habitación para abrazarlo.

—Te he echado de menos.

Luciano la miraba con ardiente admiración.

—Y yo a ti...

—Los niños están esperando en el pasillo.

—Pero no puedo estar en dos sitios a la vez, *amata mia* —Luciano le robó un apasionado beso que la hizo reír.

—Carlotta los distraerá. O eso espero.

—Estamos siendo egoístas —dijo él, mientras acariciaba sus generosas curvas—. Pero no puedo esperar... aún faltan muchas horas para la noche.

—Te quiero —le confesó Jemima, disfrutando de esa pasión. Era tan maravilloso sentirse deseada por el amor de su vida.

—No tanto como yo te quiero y te necesito a ti —le confesó Luciano—. Eso no es posible, *amata mia*.

—¿Qué te he dicho sobre ese pesimismo tuyo? —lo regañó Jemima, echándose hacia atrás en el sofá a modo de invitación. La felicidad, la alegría y la pasión burbujeaban dentro de ella haciéndola sentir embriagada de amor.

# Bianca

**No quería casarse con él…
pero necesitaba su ayuda**

Xandro Caramanis quería una esposa. La candidata debía ser de buena familia y debía estar dispuesta a compartir su cama para darle un heredero. Además, debía aceptar un matrimonio sin amor.

Ilana Girard era una hermosa joven de la alta sociedad con reputación de ser una princesa de hielo. Ella, mejor que nadie, entendería las condiciones de aquella relación.

Pero Ilana aceptó la proposición de Xandro porque necesitaba protección para defenderse del pasado. Lo que él no sabía era que no era una mujer fría y sofisticada, sino una joven tímida y asustada…

## AMOR PROTECTOR
### HELEN BIANCHIN

# Acepte 2 de nuestras mejores novelas de amor GRATIS

## ¡Y reciba un regalo sorpresa!

## Oferta especial de tiempo limitado

**Rellene el cupón y envíelo a**
**Harlequin Reader Service®**
3010 Walden Ave.
P.O. Box 1867
Buffalo, N.Y. 14240-1867

**¡Si!** Por favor, envíenme 2 novelas de amor de Harlequin (1 Bianca® y 1 Deseo®) gratis, más el regalo sorpresa. Luego remítanme 4 novelas nuevas todos los meses, las cuales recibiré mucho antes de que aparezcan en librerías, y factúrenme al bajo precio de $3,24 cada una, más $0,25 por envío e impuesto de ventas, si corresponde*. Este es el precio total, y es un ahorro de casi el 20% sobre el precio de portada. ¡Una oferta excelente! Entiendo que el hecho de aceptar estos libros y el regalo no me obliga en forma alguna a la compra de libros adicionales. Y también que puedo devolver cualquier envío y cancelar en cualquier momento. Aún si decido no comprar ningún otro libro de Harlequin, los 2 libros gratis y el regalo sorpresa son míos para siempre.

416 LBN DU7N

| | |
|---|---|
| Nombre y apellido | (Por favor, letra de molde) |

| | |
|---|---|
| Dirección | Apartamento No. |

| | | |
|---|---|---|
| Ciudad | Estado | Zona postal |

Esta oferta se limita a un pedido por hogar y no está disponible para los subscriptores actuales de Deseo® y Bianca®.
*Los términos y precios quedan sujetos a cambios sin aviso previo.
Impuestos de ventas aplican en N.Y.

SPN-03                                            ©2003 Harlequin Enterprises Limited

## Corazones divididos
### Sarah M. Anderson

Ben Bolton tenía bastante con llevar las riendas de su negocio. Sin embargo, cuando la encantadora Josey Pluma Blanca entró en su despacho, sus prioridades cambiaron. Se negaba a dejar que una mujer tan atractiva desapareciera de su vida. Josey siempre había buscado una cosa: encajar en su familia de la tribu Lakota. No tenía tiempo para tontear con un tipo rico y sexy. Pero tampoco podía dejar de pensar en Ben. Enamorarse de un adinerado forastero destruiría todo por lo que había luchado...

*La perseguiría hasta conseguirla*

# ¡YA EN TU PUNTO DE VENTA!

*Bianca*

**Había huido después de su boda…
ya casada y aún virgen**

Laine había esperado a su guapísimo marido en la noche de bodas… Pero Daniel no la amaba; solo se había casado con ella para cumplir la promesa de cuidarla.

Dos años después, sin dinero y muy vulnerable, Laine tenía que enfrentarse de nuevo a Daniel. Pero esa vez él tenía intención de tener la noche de bodas que deberían haber compartido entonces. No quería una esposa… solo quería acostarse con Laine.

# BODAS DE HIEL
## SARA CRAVEN